御師《おんし》 弥五郎

お伊勢参り道中記

西條奈加

祥伝社文庫

【目次】

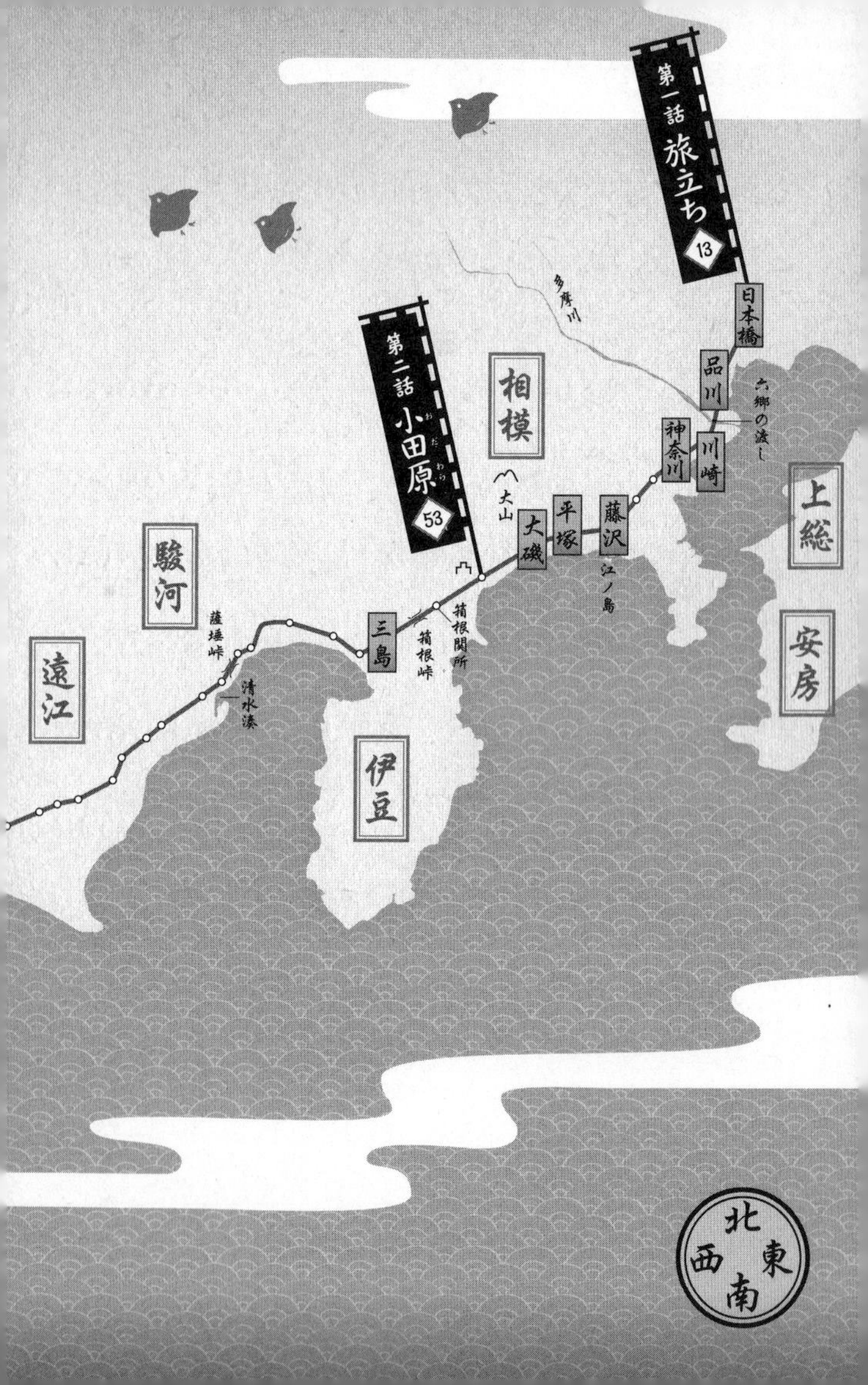

第一話　旅立ち
13
第二話　小田原《おだわら》
53
日本橋
品川
川崎
神奈川
藤沢
平塚
大磯
三島
多摩川
六郷の渡し
江ノ島
大山
箱根関所
箱根峠
薩埵峠
清水湊
相模
上総
安房
駿河
遠江
伊豆
北
東
南
西

お伊勢参り道中記

御師《おんし》弥五郎

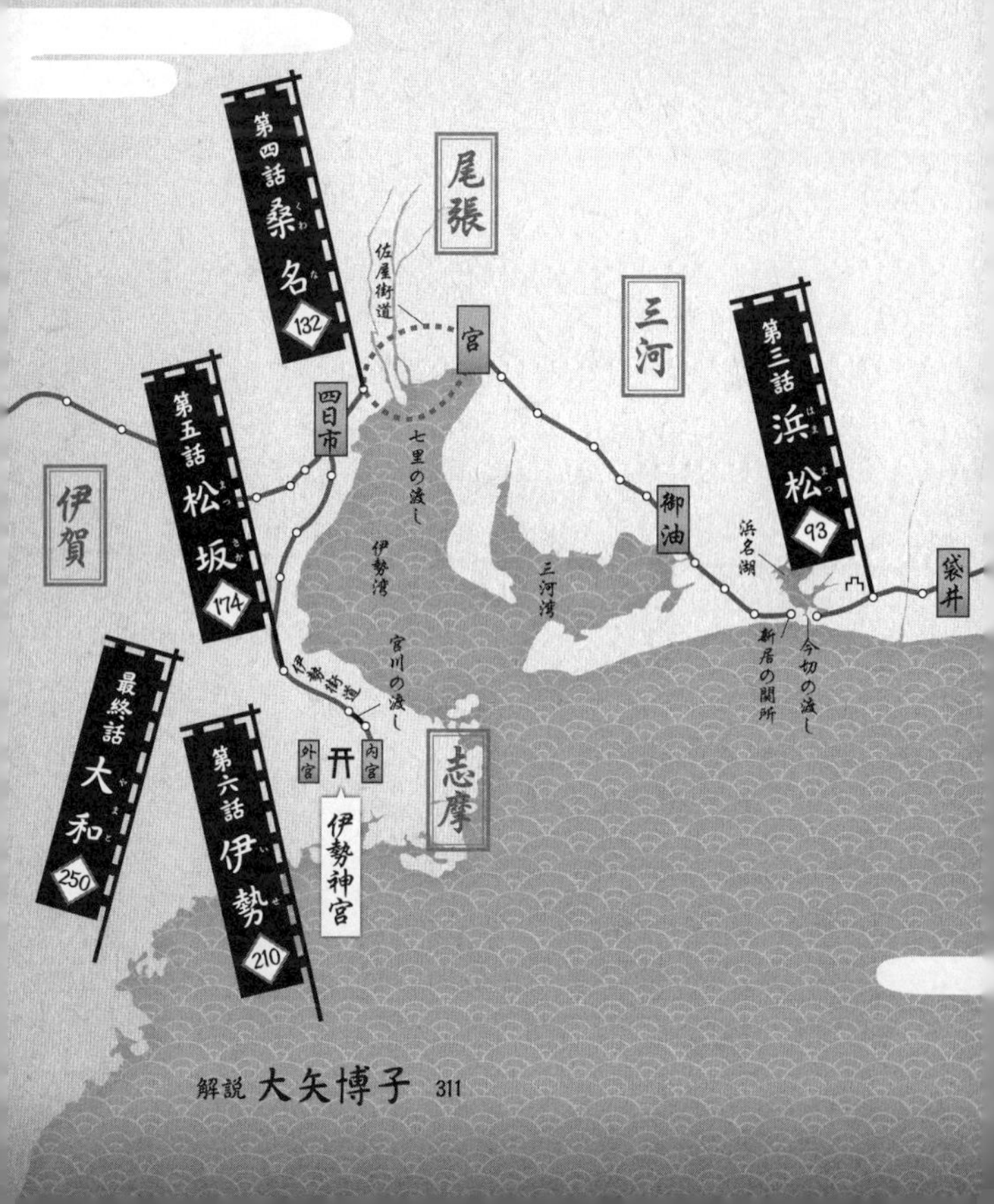

弱い風にあおられて、『巽《たつみ》』の文字が闇の中でぶらぶら揺れる。

提灯《ちょうちん》を手にした手代は、心細げに空を仰いだ。

「なんだか、いやな晩ですねえ、旦那さま」

たよりの月は、厚い雲に隠れている。桜が散り終わった頃から、空は降ったり照ったりと落ち着かず、今日はどんよりとした雨もよいの一日だった。川から時折吹き上げる宵《よい》の風だけが、妙にねっとりと首筋にまとわりついて、手代はぶるりと身震いした。

「まだ日本橋《にほんばし》までは遠うございますよ。やはり他の皆さまのように、駕籠《かご》か舟を雇うべきだったのでは……」

水道橋《すいどうばし》に近いこの辺りは、神田《かんだ》川の両袖《りょうそで》に武家屋敷ばかりが立ちならび、あと一刻で真夜中といういまは、人っ子ひとり見当たらない。

「そんなものにかける無駄金なぞないと、いつも言っているだろう。もっとも、あんな飲み食いだけの寄合《よりあい》に、かける暇《いとま》がいちばん惜しいがな」

主人の声は、手代の頭の上からきこえた。小言の中身はこすからい商人《あきんど》そのものだが、落ち着いた低い声音は、縦に長い堂々とした体躯《たいく》とあいまって、古びた鐘をついたように重々しく響いた。

「ですが、ついこの前も、物取りに遭ったばかりで……」

言いかけた手代の喉《のど》が、ひっ、と鳴った。

「だ、旦那さま……」

闇よりもさらに黒い影が三つ、ふたりの行く手をさえぎっていた。

怯《おび》える手代から提灯をとり上げて、その身を背にかばうように主人はひと足前に出た。

かざした灯りに、三人の侍の姿が浮かび上がる。いずれも歳は若そうで、粗末《そまつ》な身なりだが浪人には見えない。

「日本橋の材木商、巽屋清兵衛《せいべえ》か」

提灯の文字に目をやって、先頭の男が誰何《すいか》した。

「そうだが……おまえたちは……」

かち、と金具のはずれる音がして、抜いた刀がいきなり真横にふられた。巽の文字を裂くように提灯が斬《き》られ、地面に落ちた。情けない声をあげ、へなへなと尻をついたのは手代だけで、歳に似合わぬ敏捷《びんしょう》さでとび退《すさ》った清兵衛は、相手をにらみつけた。

「おまえたち、何者だ。何故、私を狙う」

問いながら、懐《ふところ》からとり出した懐剣の鞘《さや》をはらう。提灯の中のろうそくは消えることなく、対峙《たいじ》する双方を、下からゆらゆらと照らしていた。

「それは巽屋、おまえの胸にきけばよい。己の悪事は、地獄で好きなだけ悔い改めろ！」

上から襲ってきた長刀を、清兵衛の懐剣が辛うじて受け止めた。鉄のぶつかる高い音がして、刃《やいば》を交えたまま互いがにらみ合う。

「いくら心得があろうと、金にまみれた商人《あきんど》が、侍にかなう筈《はず》がなかろうが」

吐き捨てた男の背後で、ふたりが次々に抜刀《ばっとう》した。

「旦那さまっ！」

手代が悲痛な声をあげた、そのときだった。

まるで応じるように、三人の賊の背中から石つぶてがとんだ。

「誰だ！」

後ろのひとりが叫び、異変のために一瞬力の抜けた相手の刀を、清兵衛がはね上げた。

そのはずみに懐剣の切っ先が、相手の腕の裏を裂き、賊の侍から低い悲鳴があがった。だらりと下がった左腕から、ぼたぼたと血がしたたり落ちる。

同時に、かるい足音が地を這《は》うように近づいてきて、闇の中から声がした。

「侍が三人も雁首《がんくび》そろえて商人《あきんど》を襲うたぁ、どういう了見です」

提灯の紙を舐《な》めながら、いまだに地面でもちこたえているろうそくの灯りは、声の主には届かない。その右手にある刀だけが、ほのかに浮かび上がった。

「かまわぬ、そやつも斬れ！」

傷を負った侍が、声を張りあげた。ひとりがすぐに従って、だがすぐに、ぎゃっと叫びざま膝《ひざ》をついた。どうやら足を斬られたらしく、もうひとりも討《う》ちかかったが、たちまち刀は地に落ちて、右の小手から血が噴き上がった。

「まだ、やりますかい？」

近づいてきた男の姿が、足許《あしもと》からゆっくりと現れる。

侍ではなかった。

右手に脇差《わきざし》を握っているが、やくざ者らしいくずれた気配はなく、尻を端折《はしょ》った縞《しま》の着物に羽織姿は、職人のように見える。二十代半ばくらいの若い男だが、目つきも物腰も、姿に似合わず落ち着いていた。

「町人風情《ふぜい》が、武士に刃を向けるとは……」

最初に清兵衛に斬りつけた男が、ぎりぎりと歯嚙《はが》みして、右腕をふり上げた。だが、弾《はじ》かれた刀は侍の手をはなれ、土手下までとんだ。

（速い！）

清兵衛は思わず目を見張った。動きも刀さばきも、図抜《ずぬ》けて速い。しかし清兵衛が何より驚いたのは、その身のこなしだった。

（町人などではない。これは、侍のものだ）

賊の三人も同じことに気づいたものか、ちょうど対岸に駕籠かきの提灯が見えたのを機に、捨て台詞《ぜりふ》もなく立ち去った。

「見事な腕前ですな。おかげさまで、命拾いをいたしました」

張りついていた地面から、ようやく腰を上げた手代ともども、ていねいに礼を述べ、清兵衛は何より不思議に思っていた相手の素性《すじょう》をたずねた。

「あっしは、伊勢《いせ》の御師《おんし》でさ」

「御師というと……お伊勢さまに仕える……？」

武家か町人か、判断がつきかねていたところに神職ときいて、清兵衛はいっそうとまどった。そのようすがおかしかったのか、若い男は初めて口許《くちもと》をゆるめた。

「もちろん、しがねえ手代の身分で。まだ三年しか経ておりませんから、手代見習いってほどのもんですが」

「伊勢御師なら、うちにも三日市太夫《みっかいちだゆう》が出入りしているが」

この江戸はもちろん、全国津々浦々、どんな山奥の村でさえ伊勢御師は足をはこぶ。

伊勢神宮の札をくばり、信者を増やし、伊勢講をまとめる者たちで、彼らの世話にならぬ郷《さと》をさがす方が難しいくらいだろう。

「八嶋《やしま》太夫が手代、弥五郎《やごろう》と申します」

男はそう名乗り、刀を鞘に納めた。

第一話　旅立ち

庭に植えられた石楠花《しゃくなげ》や八重山吹《やえやまぶき》のあいだを、ひらひらと小さな蝶がとびかう。

午後の日差しはうららかで、昼寝にはもってこいの日和《ひより》だ。

目を通しておくようにと手代頭からわたされた、檀家《だんか》帳やら伊勢神宮にまつわる昔の書物やらを広げた真ん中で、弥五郎は大の字になっていた。

「故《かれ》、大神《おおみかみ》の教《おしえ》の随《まにま》に、其の祠《やしろ》を伊勢国に立てたまふ。因《よ》りて斎宮《いわいのみや》を五十鈴《いすず》の川上《かわのほとり》に興《た》つ。是《これ》を磯宮《いそのみや》と謂《い》ふ。則ち天照大神《あまてらすおおみかみ》の始めて天《あめ》より降《くだ》ります処……」

日本書紀の一節は、まるで子守歌のようで、まぶたが気持ちよく落ちてくる。

伊勢国、五十鈴川のほとりに、天照大神のための祠《ほこら》が築《きず》かれた。これが伊勢神宮の興《おこ》りとされる。

伊勢神宮には内宮《ないくう》と外宮《げくう》、ふたつの宮があり、内宮には天照大神が、外宮には食物をつかさどる神である豊受大神《とようけのおおみかみ》が祀《まつ》られていた。日本書紀にあるのは内宮の起源で、外宮はこれより二百年ほど下った、平安のはじめ頃に建てられたと言われる。

正史と神話が混在していたような時代から、伊勢神宮は人々の信仰を集めてきた。

だが、その長い歴史を追うより前に、弥五郎は眠りに引きずり込まれていた。

「弥五さん、お客さんがお見えだよ！」

心地よい午睡《ごすい》をさまたげたのは、遠慮会釈《えんりょえしゃく》のない大声だった。

重そうに半分まぶたをもち上げると、伊勢屋の女中が廊下に膝をついていた。

「檀家さんなら、惣《そう》さんにでも言ってくれ。見習いが出張っても、あちらさんが喜ばねえ」

弥五郎を訪ねてくる者といえば、挨拶《あいさつ》抜きで上がり込んでくる悪友くらいだ。てめえには関わりないとばかりに、ごろりと寝返りをうって尻を向けた。

「檀家さんじゃないそうだよ。なんでもこの前の礼をしたいと仰《おっしゃ》って、わざわざいらしてなさるんだ。こっちにお通しするからね、顔でも洗ってしゃっきりおしよ」

言うだけ言って女中は、また忙しそうに母屋へ戻っていった。

「どこのどいつだい……昼寝の邪魔をしやがって」

むっつりとしたまま悪態《あくたい》をつき、顔も洗わずそのまま羽織をひっかける。

客間には見覚えのある商人が端坐《たんざ》して、弥五郎を待っていた。

「忙しいところ、急に訪ねてすまなかったね」

客は巽屋清兵衛だった。身につけている羽織は、決してぜいたくなものではないが、かえって落ち着いた品のよさを感じさせる。

「よく、ここがわかりましたね」

水道橋の一件から、十日ばかりが過ぎていた。

「三日市太夫の手代からきいてね。本当は角樽《つのだる》のひとつも土産《みやげ》にするつもりでいたのだが、酒屋に持ち込むわけにもいかないからね」

ここは大伝馬《おおてんま》町の酒問屋、伊勢屋の離れだった。八嶋太夫とは何代も前からのつきあいで、手代頭と弥五郎を含め、五人の御師が世話になっていた。

「礼なら、お伊勢さんにしてくだせえと、言った筈ですが」

「だからこうして出向いてきたんだ。ここの太夫から、さしあげてもらおうと思ってね」

酒の代わりにと清兵衛は、立派な菓子折やら反物《たんもの》やらを、たっぷりと携《たずさ》えていた。

「こいつは、ご丁寧に」

ぺこりと頭を下げると、清兵衛の口許がおかしそうにゆがんだ。

「御師にしては、ずいぶんと愛想がないね。身なりも違うし、ことばも江戸風だ。正直、ここに来るまでは、眉つばではないかと疑っていたよ」

糊《のり》のきいた袴《はかま》を身につけ、姿は小ぎれいな侍に近いが、商人のように腰が低く、柔らかい西のことばで愛想よく客に応ずる。それが御師というものだ。

「おれはまだ、手代見習いですから」

言い訳のように口にしたが、八嶋太夫の手代の中でも、弥五郎だけが変わり種だった。

「私はお会いしたためしがないが、太夫となれば、御所風の美しい身なりをされているそうだね」

「たしかに見てくれは、お公家《くげ》さんに近いかもしれません」

御師とは「御祈師《おいのりし》」の略で、その名のとおり、もとは祈禱《きとう》を行う者たちだった。身分は権禰宜《ごんねぎ》が多く、社《やしろ》の事務をつかさどる禰宜の補佐役の地位にあたる。

しかし平安の末の頃になると、参拝客が急に増え、それにしたがって祈禱や宿泊の世話をする者が必要となった。その役目を果してきたのが御師である。

御師は一家につきひとりだけで、太夫と称され、伊勢から動くことはない。

その代わりに国中に散って布教をしてまわるのが、弥五郎のような手代たちだった。手代もまた御師と呼ばれはするが、本来の御師たる太夫とは、身分の上では大きく違う。

「弥五郎さんが御師だと知ったときは、正直とまどった」

清兵衛は、探るような視線を投げた。

「剣の腕前から察するに、もとは武士ではないかと……」

「旦那さん、おれのことなぞほじくり返しても、何も出やしませんよ」

昔を問われるのが、いちばん面倒だ。詮索《せんさく》をさえぎるつもりで、素っ気なく言った。

「そういう旦那さんこそ、商人にしては愛想が足りないように思いますがね」

精一杯の嫌味に、くくっ、と清兵衛の喉が鳴る。

「たしかに、愛想のなさはお互いさまだな」

と、清兵衛は話題を変えた。今日訪ねてきたのには、別の用件があるという。

「私もそろそろ五十に手が届こうかという歳だ。やはり死ぬ前にもう一度、お伊勢さんを拝《おが》んでみようかと思ってね」

「成就《じょうじゅ》させたい大願が、おありになるんですか」

清兵衛が一瞬、目を見張った。まるで思ってもみなかったところを突つかれでもしたような、ちょうどそんな顔をした。別におかしなことを口にしたつもりもないがと、弥五郎は首をかしげた。

「そうだな、ぜひともお伊勢さんに、お願いしたいことがある」

清兵衛の口許に、ゆっくりと笑みが浮いた。

伊勢には若い頃、郷里から江戸へ下る折に参拝したことがあると告げる。

「あのときはお参りだけで済ませてしまったが、今度は神楽奉納《かぐらほうのう》はもちろん、折々の賽銭《さいせん》も惜しむつもりはない。道中も急ぐことなく、遊山《ゆさん》を楽しむつもりだ。その世話を、八嶋太夫にお願いしたい」

え、と弥五郎が、怪訝《けげん》な目を向けた。

「どういうことです？　巽屋さんには、三日市太夫が出入りしていると……」

「この伊勢詣《もうで》の一切は、こちらで世話になると、三日市太夫にはすでに話を通してある。八嶋太夫も、内宮御師としては五指にはいると、そうきいたよ」

「それはそうですが……」

伊勢御師は外宮内宮をあわせて、八百家を超えると言われる。それぞれが決まった檀家を抱えているところは寺と同じで、互いの檀家は侵《おか》さないのが太夫同士の厳然とした決まりであった。三日市太夫は伊勢でも一、二をあらそう構えの大きな御師であり、その檀家となればなおさら、他が首をつっこむ余地などない。その掟破《おきてやぶ》りを三日市太夫が承服したというなら、おそらく相当な金子《きんす》がわたったに違いない。

「有難いお話ですが、わざわざうちを名指しするわけが見当たらねえ。この前の恩返しというなら、無用の計らいです」

「私が名指ししたいのは、八嶋太夫じゃなしに弥五郎さんだよ。おまえさんに、伊勢への同行《どうぎょう》を頼みたいんだ」

「あっしに旦那と一緒に、伊勢へ行けと言うんですかい？」

意外な申し出に、弥五郎がぽかんとする。

江戸を含め全国に散っている御師は、伊勢信仰を広めることを旨とする。お祓《はら》い大《たい》麻《ま》と呼ばれるお札をくばり、伊勢講をとりまとめ、伊勢では参拝客を丁重にもてなす。しかし伊勢まで道行きを共にするという話は、あまりきいたことがない。

「おまえさんの腕を見込んで、いわば用心棒ということさ」

「どういうことです、旦那」

弥五郎には、どうにも合点《がてん》が行かなかった。死ぬ前に一度お伊勢参りにという言い草も、思い返すと穏《おだ》やかではない。七十まで生きる年寄はざらにいるし、清兵衛はいたって壮健そうだ。その顔に、憂《うれ》いがさした。

「私はどうやら、何者かに命を狙われているようだ」

先夜の三人組より前にも、浪人に襲われたことがあると、清兵衛は語った。幸い、さる大名家の家中の一団が通りかかり、浪人はすぐに逃げ去ったという。

「物取りのたぐいと見当していたが、この前のことがあってから違うようにも思えてね。あの三人は、私が巽屋清兵衛だとたしかめて斬りつけてきた」

「狙われる心当りは？」

いや、と清兵衛は首を横にふった。この数日は夜歩きをひかえ、昼間の外出もへらしていたが、さすがにいつまでもというわけにもいかないと苦く笑う。

「賊におびえて鬱々《うつうつ》としているくらいなら、いっそ伊勢詣にでも出て、弾《はず》みをつけた方がよかろうと」

大願があるのかとたずねたとき、清兵衛はひどく驚いていた。お参りよりもむしろ、旅に出て気晴らしをすることが目当てなのかもしれない。だが、それだけでは、まだ腑《ふ》に落ちぬことがある。考えながら弥五郎は、清兵衛をちらと窺《うかが》った。

「弥五郎さんに助けられたのも、きっと何かの縁、お伊勢さまのお導《みちび》きかもしれない」

雲間から日がさすように、清兵衛は初めて晴れやかな顔をした。

「ですが、あっしひとりじゃ高が知れてます。やはり本職の用心棒を雇った方が

「ごつい浪人をぞろぞろ引き連れての旅なんて、無粋《ぶすい》きわまりないだろう。何より人の多いのは苦手でね」

それでも弥五郎は、よい返事をしなかった。

「道中の無事が気がかりなら、他に腕っぷしの強いのを、ひとりふたり加えてもかまわない。金に糸目はつけぬつもりでいるから、八嶋太夫にとっても悪い話じゃない」

「いえ、そちらの話とは別に、もうひとつありまして」

怖気《おじけ》づいているわけではなく、弥五郎の気がかりは別のところにあった。己の都合のようなもので、清兵衛には関わりないと告げ、しばしのあいだ眉根を寄せて考え込んだ。

「もしおれが、この話を断ったら、旦那はどうします？」

「それは……」

泰然《たいぜん》としていた清兵衛のからだが、かすかに揺れた。

「……そのときは、ひとりで行くよ」

鼻筋のとおった頑迷《がんめい》そうな顔はそのままだったが、それでも弥五郎は、切ないほどの寂寥《せきりよう》を感じとった。

「……」

このまま無下に断るのも忍びなく、かと言って弥五郎にも、伊勢に足を向けたくない理由がある。返答に窮《きゅう》した弥五郎は、思わず「困ったなあ」と盆《ぼん》の窪《くぼ》に手をやった。

あまりにも真剣に困っているその顔が、おかしかったのだろう。清兵衛の目許がふっとゆるんだ。

御師の手代といえば、なめらかな弁舌《べんぜつ》が身上だ。あたりさわりのない文句をならべて断ればいいものを、弥五郎にはそれができない。

だが清兵衛には、律儀《りちぎ》に悩んでいるその姿が、かえって好もしく映ったようだ。

「やはり弥五郎さんに頼みたい。ひとまず考えてみてくれないか」

返事はまた改めてと告げて、清兵衛は帰っていった。

まずは手代頭に相談するのが筋だが、弥五郎が事の次第を告げたのは、三日も経ってからだった。なじみの悪友に頼み、巽屋について調べてもらっていたからだ。

巽屋清兵衛は誠実な人物と思えたが、一方でその申し出には、どうもすっきりと合点がいかない。ところどころ横木の抜けた、梯子《はしご》を前にしているようで、足がどうしても踏み出せない。弥五郎は抜けた梯子段を、少しでも見つけたかった。

「かなりのしみったれってことより他は、商いは手堅《てがた》いし、旦那もなかなかの人物と、評判は悪くねえぜ」

「そんなにケチなのか?」

「ああ、あれだけの構えの材木問屋だってのに、木綿《もめん》物しか身につけねえ。使用人の飯がひでえのは、どこの大店《おおだな》でも同じだが、巽屋では旦那も同じものを食ってるそうだ。旦那ばかりじゃなく、内儀や娘もご同様で、ろくな簪《かんざし》一本持ってねえって話だ」

清兵衛の地味な身なりを思い出し、ふうむと弥五郎は考え込んだ。金に糸目はつけないと、清兵衛は言った。吝嗇《りんしょく》な商人と豪勢な伊勢詣は、やはり辻褄《つじつま》が合わない。

「それとな、もうひとつふたつ、面白えことがわかった。旦那の郷里《さと》や出自のことだ」

仔細《しさい》をきいた弥五郎が、目を丸くする。

「案外あの旦那は、とんだ狸《たぬき》かもしれねえな。襲われる心当りはないと言ったが、おそらく何か隠してやがるな」

忌々《いまいま》しそうに呟いて、それでも弥五郎は腹を決めた。頭にあったのは、寂《さび》しそうな清兵衛の姿だった。あんな顔のまま、ひとりで行かせるわけにはいかない。

弥五郎は、その日のうちに手代頭に話を通した。

「じゃあ、坊《ぼん》は、その旦はんと一緒に、伊勢へおいでんさるゆうことですか?」

手代頭の春日惣七《かすがそうしち》は、口をぽっかりとあけた。

用心棒という危ない仕事である。てっきり反対されるものと思っていたが、案に相違して惣七は相好《そうごう》をくずした。

「それはええ話や。いやあ、その旦はんに、こっちから礼を言いたいくらいですわ」

手放しで喜ぶ手代頭を、面白くなさそうにじろりとにらむ。

「惣さんよ、おれも二十七なんだ。いい加減、坊はやめてくれ」

「いくつになっても、わてにとっては弥の坊ですわ」

いまにも頭を撫《な》でんばかりに、惣七はにこにこする。

昔、守役をしていたこの男には、大事なところを握られている感じがして、どうも頭が上がらない。人前では、互いに手代頭と見習いの立場をわきまえているものの、ふたりになると昔の癖《くせ》が出て、弥五郎の口調もぞんざいになる。

「そんな呑気《のんき》なことで大丈夫か? 三日市太夫と揉《も》めたりしたら一大事だろう」

「そげなもん、わてが出向けばどうにでもなります」

惣七は、事もなげに言った。同じ西の言葉でも、伊勢者のわては「わたい」とか「おたい」にきこえる。大坂《おおさか》にくらべると、物言いもどこかおっとりしていた。

「おそらく坊の見込みどおり、うちにかけるより多くの金子が、三日市はんに払われるんやろ。八嶋太夫からもそれなりの礼をつくせば、おそらく面倒にはならしまへん」

惣七は、来年で四十に手がとどく。いつも困っているような顔をした、風采《ふうさい》の上がらぬ男だが、御師としては凄腕《すごうで》と、伊勢では評判をとっていた。

「これもやはり、お伊勢さんのご利益《りやく》ですわ。坊も伊勢へ戻らはったら、よう拝まんとあきまへん」

「お伊勢参りがこうも盛《さか》んなのは、他所《よそ》の社より商売上手なだけだろう」

仮にも伊勢御師が、まず口にするような台詞ではない。惣七が、肺腑《はいふ》をしぼるようなため息をつく。

「坊はまた、そげな罰当《ばちあた》りなことを……」

「だが、本当だろう？　御所の七光りだけでなく、お公家さん、お武家にお大名と、金と力のある者にとり入っては、信者を増やしてきたんだからな」

伊勢神宮は古くから、京の御所とはひときわ深い関わりがある。朝廷からは格別のあつかいを受け、さらに時代が下るにつれて、さまざまな階層の人々をとり込んできた平安の御世なら貴族、鎌倉以降は武士、戦国なら武将と、その折々に力のある者を信者とし、後押しを受けることで長い歴史をわたってきた。

「で、いまのお得意さんは、町人や百姓というわけだ」

「ほんに頼みますわ。もう先みたく檀家はんの前で、そげな話せんといておくれやす」

「あのときは惣さんに、大目玉を食らったからな」

以前、檀家の前で本音をもらしたときには、この手代頭にさんざん絞《しぼ》られた。

さすがに弥五郎も悪かったと反省し、以来口を慎《つつし》んではいるが、伊勢だけでなく、すべての神社仏閣は、商人と何ら変わりはない。神官の祈禱も、仏の開帳も、所詮は金のためだ。

その冷めた考えだけは、改める気はなかった。

「ほんで、いつ頃江戸を立つおつもりや？」

いつまでも危ない話に、つきあうつもりはないのだろう。手代頭は早々に、逸《そ》れた話をもとに戻した。

「旦那はできるだけ早く立ちたいそうだが、すぐというわけにもいくまい。今月の半ばがせいぜいだろうな」

「旅にはええ日和やし、楽しみでんなぁ。わてもさっそく、伊勢へ上る仕度をしませんとな」

「まさか惣さんも、同行するつもりか？」と、弥五郎がぎょっとする。

「当り前ですわ。坊が十三年ぶりに伊勢に戻るゆうのに、江戸でのんびりなんぞしてられますかいな」

「おれは伊勢に戻るとは、ひと言も……」

「何言うてはりますのや。伊勢に着いてから心をこめておもてなしするのが、まっとの御師の役目です。お神楽奉納やらお膳の世話やら、そういや坊はなんも知らへんでしたなぁ。これは本腰入れて、いちから教えなあきまへんなぁ」

大乗り気の手代頭にげんなりとなり、ついつい愚痴が口をつく。

「少しはこっちの身を、案じてくれてもよさそうなものを。とんだ当てはずれだ」

「心配にはおよびまへん。それこそ五人でも十人でも、こっちゃで用心棒を雇いますわ」

大事な坊に危ない橋をわたらせる気は、惣七にはさらさらない。すまして申しわたしたが、弥五郎は別の案をもちかけた。

「どうだい？　これならわざわざ、人を雇わなくても済むだろう？」

「そらまあ、悪くはあらしまへんが……坊にとっちゃ、よけい難儀な旅になりますなあ。なんでまた、そげな面倒を？」

「惣さんの教えに従ったまでだ。お伊勢参りは、生涯《しょうがい》何よりの楽しみなんだろう？　あの旦那にも、目一杯楽しんでもらおうと思ってさ」

弥五郎のこたえに、手代頭は満足そうにうなずいた。


旅は七つ立ちと、相場が決まっている。

日の出前の空はまだ暗く、それでも四月下旬の朝は、初夏らしい清々《すがすが》しさに満ちていた。

しかし待ち合わせ場所に現れた清兵衛は、梅雨《つゆ》どきの古布団さながらに、じっとりとした目つきで弥五郎をにらんだ。

「これはいったい、どういうことかね」

出立の場は、日本橋の南詰めであった。橋の北に広がる魚市場は、すでにたいそうな賑《にぎ》わいで、天秤をかついだ魚屋が、橋をわたっては市中に散ってゆく。

そして市場の騒々しさに輪をかけたような連中が、満面の笑みで清兵衛を待ちかまえていた。

「こちらは本所相生町《ほんじょあいおい》の伊勢講の皆さんで。ちょうど今日が門出の日にあたりまして、これは都合がいいと、伊勢まで同行させていただくことになりました」

総勢十人の伊勢講の一行は、白地に緑色の模様を散らしたそろいの浴衣《ゆかた》を着込み、見送り人と賑やかに別れを惜しんでいる。

「皆さん、忘れものはないですか。往来手形《おうらいてがた》と懐中だけは、ちゃんとたしかめてくださいよ」

講のとりまとめ役を務める、六十近い男が声を張りあげた。講中ではいちばんの年《とし》嵩《かさ》で、隣にはおっとりとした妻女が控《ひか》えている。

「あれ、たしかここにしまったはずが、往来手形がねえぞ」

こちらでは職人風の男が、ばたばたと懐《ふところ》や荷を検めだして、あちらではでっぷりと肥《こ》えた旦那が、妙に婀娜《あだ》っぽい中年増《ちゆうどしま》の手を握りしめている。

「やっぱり行くのはやめなさい。おまえに幾月も放っておかれたら、あたしはとても生きていけない」

「いやですよ、旦那。旦那と一日でも長く添えますようにと、お伊勢さんにお願いに行くってのに」

あまりのかしましさに、清兵衛がどうっと秩父颪《ちちぶおろし》のようなため息をつく。

「人の多いのは苦手だと言ったろう。だいたい、用心棒はどうしたんだ。手配りしておくと、おまえさんは請《う》け合ったはずだが」

伊勢講の一団をはばかって、弥五郎の耳許で文句をぶつける。

「道中の難を防ぐには、用心棒なぞよりよほど効き目があると思いまして。十人もの伊勢講で、しかも下町本所の騒がしい集まりだ。物騒《ぶっそう》な連中も、おそらく避けてくれまさあ」

「しかし、女も混じっているとなれば、それだけ足も遅くなろうし……」

「急ぐ旅ではないから、たっぷりと物見遊山《ものみゆさん》をしていきたいと仰ってましたよね」

弥五郎は、少しも悪びれたようすがない。腹に据えかねた清兵衛が、大きく息を吸う。伊勢行きはとりやめだと叫び出さんばかりのところに、春日惣七が顔を出した。

「なんや、弥五はん、前もって伝えてなかったんか。すみませんねえ、旦はん、まだ見習いやさかい行き届きませんで。この先の道中は、手代頭のわてがきっちり目配りしますよって、どうぞ堪忍《かんにん》しとくれやす」

惣七のなめらかな舌に丸めこまれ、清兵衛がだまりこむ。

「巽屋の旦那さんでやすね」

若い男が、ひょいと清兵衛をのぞき込んだ。はしっこそうな目がまたたいて、愛《あい》嬌《きょう》のある笑顔を広げる。

「お伊勢さんまでのつきあいとはいえ、旦那も大事なお仲間でやすからね。ちゃあんとこいつをそろえて参りやした」

白地に緑模様の浴衣を、にこにこと清兵衛にさし出す。

「……これを、私が着るのかね……」

「へい、ひとりだけ仲間外れじゃ、お寂しゅうござんしょう。急いでもう一枚、仕立てさせたんでさあ」

「……しかし、この模様、どうして蛙《かえる》なのかね」

「講のまとめ役が、蛙屋《かわず》ってえ文房店《だな》のご主人で。だから講の名も蛙《かえる》講としたんでさ」

なんとも間の抜けた講名に、清兵衛がため息をこぼす。そのうち着させてもらおうと返し、弥五郎をちらりと見やった。

「よかったですね、旦那。これでどこから見ても、蛙講のお仲間だ」

相変わらず愛想のない面相の中で、目だけがいたずら気にかがやいていた。

高輪大木戸《たかなわおおきど》でたっぷりと別れを惜しむまで、見送り人はぞろぞろとつき従い、ようやくすっきりしたと思いきや、今度は江戸六地蔵の第一番、露座《ろざ》の地蔵菩薩《じぞうぼさつ》がある品《ほん》川《せん》寺を皮切りに、目ぼしい寺や明神をくまなくまわる。

たいていの者には、一生に一度の長旅であるから、あちらもこちらもと貪欲《どんよく》に足をはこぶ。これぞ旅の醍醐味《だいごみ》ではあるのだが、遅々として進まぬようすに、清兵衛だけは調子がのらないようだ。

「あっしは本当なら、お伊勢参りなぞまだまだ過ぎた身分でやすがね。それがこの前、賊をふんじばったときに、親分が腰を痛めちまいまして。そんであっしが代参《だいまい》りというわけでさ。いやあ、あっしの運がいいというか、親分の間が悪いというか」

鮫洲《さめず》の茶店で名物の穴子《あなご》の蒲焼《かばやき》を食いながら、清兵衛の右隣でのべつまくなしにしゃべっているのは、蛙の浴衣をくれた若い男だ。

亀太《かめた》という、本所で十手をあずかる目明しの下っ引きだと名乗ったが、いたって無愛想な清兵衛のどこを気にいったものか、ぺったりと張りついて離れない。

「あたしは郷里《くに》が四日市《よっかいち》でしてね、実家《さと》のおっかさんの見舞いって名目で、ようやく伊勢行きのお許しが出たんですよ。あんな南瓜《かぼちゃ》みたいな形《なり》をして、ケチな上にしつっこいと、本当にいいとこなしの旦那でね、しばらくあの顔を拝まずに済むかと思うとせいせいしますよ」

亀太と反対の左隣では、出立前に大げさに別れを惜しんでいた女が、いまは遠慮なく旦那をこきおろしている。お世《せい》という妾《めかけ》奉公をしている女で、旦那は浅草《あさくさ》で料理茶屋を営んでいた。こちらも旦那の乗り替えでも目論《もくろ》んでいるものか、やたらと清兵衛になれなれしい。

まだ日本橋から二里しか離れていないというのに、清兵衛はすっかり疲れきっていた。

頼みの弥五郎はというと、手代頭にびしびしと用事を言いつけられて、一行の世話にかかりきりであり、こちらをかまう暇なぞなさそうだ。

「でね、旦那、親分と一緒にくった賊ってのが、なかなかの大物でやして……」

「ちょいと、きいてくださいな、うちの旦那ときたらね……」

目の前には海苔《のり》の養殖場が広がり、その向こうには帆をはらんだ舟がいくつも浮いている。

美しい朝の海の風景を、清兵衛はうらめしげに見やった。

やがて多摩《たま》川に出ると、一行はこの旅最初の渡し舟に乗った。六郷《ろくごう》の渡しと呼ばれるもので、ひとり十二文の船賃を支払った。昼餉《ひるげ》は万年《まんねん》屋にしましょうと、舟の上で惣七が告げ、下っ引きの亀太は小躍《こおど》りして喜んだ。

『膝栗毛《ひざくりげ》』にも載ってるし、あすこの奈良茶飯《ならちゃめし》はぜひとも食ってみたかったんだ」

炒豆《いりまめ》や焼栗、野菜などを加えた米を、味付けした茶で炊き込んだ奈良茶飯は、川崎《かわさき》宿の名物だったが、『東海道中《とうかいどうちゅう》膝栗毛』に登場したことから、万年屋はことに評判をとっていた。

茶飯を堪能すると、腹ごなしにと大師河原《だいしがわら》道へはいり、半里ばかりで厄除《やくよ》けで有名な川崎大師堂に出る。お参りを済ませて川崎宿を抜け、まもなく鶴見《つるみ》川にさしかかった。鶴見橋の手前に来て、お世が一軒の茶店に目をとめた。

「ほら、あそこに鶴《つる》屋がある。米饅頭《よねまんじゅう》を食べていこうじゃないか」

「どうせなら亀《かめ》屋にしようぜ。おれと同じ名なら、きっとうまいに違いねえや」

「おまえと同じでは、甲羅《こうら》みたいなかたい饅頭が出るんじゃないかい」

お世と亀太が、軽口をたたき合う。皮に小麦ではなく米の粉を用いた米饅頭は、このあたりの茶店の名物で、ことに「鶴と亀との米まんじゅう」と道中唄にもあるとおり、鶴屋と亀屋は名が知れていた。

結局、亀屋に落ちついて、皆が饅頭に舌鼓《したつづみ》を打っていると、遠慮がちな声がかかった。

「あのう、ひょっとして皆さんは、お伊勢参りに行かれるのですか？」

もち上げた菅笠《すげがさ》の下から、日に焼けた木訥《ぼくとつ》そうな顔が現れた。

「さようでございますよ」

惣七が腰を上げて、にこやかな笑顔を向け、男はほっとした顔になった。

「もしご迷惑でなければ、伊勢までご一緒さしてもらえねえだろか。村の代参りとしてえらばれたども、なにせ田舎育ちで、この歳まで村を出たことさえ滅多になくて」

三十前くらいの男は、須賀沢《すがさわ》村の富助《とみすけ》と名乗った。ここから一里ばかり先の村からきた百姓だという。振り分け荷物を負い、脚絆《きゃはん》と草鞋《わらじ》で足許をかためた旅姿は、講の男衆と変わらぬが、どこか垢抜《あかぬ》けない田舎くささがある。

「うちの村でも伊勢講をつくって、村人みんなで五年がかりで金を貯めたども、ひとり分を賄《まかな》うのが精一杯で、おらが代参りすることになりやした。だども慣れぬ旅先で、追剝《おいは》ぎなぞに襲われやしまいかと案じられてならなくて……」

おそらく刀に見せた隠し財布なのだろう、いかにも大事そうに道中差《どうちゅうざし》を握りしめる。

「同行してくれるお方がいれば心丈夫だと、考えていた矢先に皆さんをお見かけして」

ひとりふたりの旅人では、相手の素性がわかり辛い。そこへいくとこの伊勢講は、十三人もの大所帯で、御師ふたりと清兵衛を除けば、蛙模様のそろいの浴衣姿である。年寄や女をまじえた、いかにも呑気そうな一行は、富助にとって絶好の同行者に見えたのだろう。

「代参りなさるいうんなら、村の顔役なぞにあたるお方ですか？」

「へえ、親父が村の庄屋をしておりまして、けれどあまりからだが丈夫ではなくて、息子のおらが代参りすることになりました」

惣七の問いに、富助は素直にこたえる。無骨《ぶこつ》だが飾りけのないようすに、講のとりまとめ役である蛙屋徳右衛門《とくえもん》が、にこやかに座を見わたした。

「旅は道連れと言いますし、これも何かの縁《えん》でしょう。どうです、皆さん？」

皆も同様に、この庄屋の倅《せがれ》に好意を持ったらしく、笑顔でうなずき、あるいは諾《だく》と応じる。どうぞよろしくと、富助が深々と腰を折ったとき、

「待ってもらえませんか」

弥五郎が、水をさした。

「念のため、往来手形を見せてもらえますかい」

常から愛想のない顔が、疑り深い眼差しと相まって、ほとんど喧嘩ごしにも見える。

おどおどしながらも富助は、懐から手形をとり出した。

「これは間違いのう、ほんまもんですなぁ」

手形をあらためた惣七が、太鼓判《たいこばん》を押す。それでも弥五郎は、重ねてたずねた。

「百姓のお伊勢参りは、冬と相場が決まっている。これからいちばん田畑が忙しいときに、何だって旅をなさるんです？」

まるで叱《しか》られた子供のように、富助は肩をすぼめた。

「おらの村は梨畑が多くて、その分田んぼは少ねえ。おらの家も梨畑ばかりで、梨の実る秋までは、そう忙しくはねえもんだから……」

たしかに川崎から鶴見にかけての一帯は、梨作りが盛んな土地だった。

弥五郎はようやく納得したようで、了承をとるように、清兵衛をちらと見た。

清兵衛が小さくうなずくと、脅かしてすまなかったと弥五郎は富助に詫《わ》びた。


「旦那、一緒にひとっ風呂、浴《あ》びてきやせんか」

亀太が清兵衛に声をかけた。宿の主に座敷割りをたしかめている手代頭の背後で、弥五郎は見るともなしにふたりをながめていた。

「いや、私は少し休ませてもらうよ。私にかまわず先に行っとくれ」

何が悲しくてこの男と、裸のつきあいまでしなければいけぬのか。清兵衛は一瞬、そんな顔をして、弥五郎は思わず吹き出しそうになった。

だが、清兵衛より頭ひとつ低い下っ引きは、まるで気づいていないようだ。弥五郎も決して小さくはないが、それでも清兵衛には二寸ほど追いつかない。

「そういや、だいぶお疲れのようでやすね。初日から張り切りすぎちゃあ、伊勢までもたねえ。肩の力は抜いておいたほうがいいですぜ」

見当違いの道中心得をたれる下っ引きを、どうにかやり過ごした清兵衛は、つかつかと弥五郎に歩み寄った。

「私の寝間は、別にしてくれるんだろうな」

「はい、いちばんながめのいい座敷をとってあります。ここはそれが売りですからね」

神奈川《かながわ》宿は海に迫った台地にあって、高台から見おろす風景はひときわ美しかった。景色に負けじというように贅《ぜい》をつくした旅籠《はたご》がならび、商家や料理茶屋なども軒《のき》を連《つら》ねる派手やかな宿場だ。

「ながめより何より、とにかくひとりにさせてくれ」

「ひとりだと賊に狙われやすい。講の皆さんと一緒にいてほしいところですが……大店の旦那には、下町の騒がしさは性に合いませんか」

「皮肉を言うな。ものには程というものがあるだろう。あの料理茶屋の妾もべたべたと鬱陶《うっとう》しいが、何より小うるさいのがあの下っ引きだ」

「そんなにうるそうございますかい」

「ああ、まるで肥桶《こえおけ》の上のハエのようだ」

弥五郎の口許がめずらしくほころび、喉の奥でくつくつと笑う。清兵衛は、しかめつらで続けた。

「それに……あまりになれなれしいのも気味が悪くてな。あの男もそうだが、講の連中の中に、怪しい者が混じっているということは……」

風呂の誘いを断ったのも、それを危惧《きぐ》していたからのようだ。

「蛙講の皆さんは、互いに顔なじみですからね。案ずるにはおよびません」

弥五郎はそう請け合うと、先に風呂を済ませるよう清兵衛を促《うなが》した。

「夕餉《ゆうげ》はちょいと奢《おご》って、台坂の料理茶屋にくり出すことになりましてね」

神奈川台坂は宿場の西にあたり、海に面した街道筋には、二階建の料理茶屋がずらりとならぶ。茶屋の真下はすぐ海で、錦絵のような景色を望みながら新鮮な魚介を堪能できた。

しかし風光明媚《ふうこうめいび》も海の幸も、蛙講の面々にとっては酒のつまみでしかなかった。

「旦那、いい加減あきらめて、一緒に羽目を外してはいかがです」

二階座敷の手すりに張りついて、ひとりだけむっつりと暗い海をながめている清兵衛の前に、弥五郎は新しい銚子《ちょうし》をおいた。

「こんな宴席が、これから毎晩続くのかね。だとしたら、とてもつきあいきれない」

「まあ、今日は初日ということで、ことさら浮かれているようですが」

「長屋住まいという割には、ずいぶんと奢った金の使いようだな」

「その日暮らしの連中には、いまを楽しむことだけが、生き甲斐《がい》ってものですからね。大商人《おおあきんど》のように肥やす財もなければ、侍や百姓のように守る家や土地もない」

こつんと木の実を当てるような皮肉に、清兵衛の口がいっそうへの字にまがる。

「だったら、おまえさん方はどうなんだい。伊勢に仕える御師とは、どんな身分になるんだね」

「あっしらは、ただの盗人《ぬすっと》でさ」

にこりともせずに、弥五郎はこたえた。

「百姓が汗水流して拵《こしら》えた銭を、商人が知恵をしぼって蓄《たくわ》えた金を、口八丁手八丁でかすめとる、それが御師ってもんでさ」

清兵衛は、黙ってこちらを見詰めている。また要らぬことをしゃべってしまったようだ。惣七に灸《きゅう》を据えられたことを思い出し、弥五郎はそそくさと立ち上がった。

一刻近く過ぎてもお開きになるようすはなく、清兵衛は途中で座敷を抜け出した。払いはそれなりの色をつけ、すでに弥五郎に渡してある。清兵衛は夜風にあたりながら、ぶらぶらと宿へ戻る道をたどった。

「旦那さん、宿までご一緒してよろしいですか」

一里塚《いちりづか》の前で、背中から声がかかった。またハエのような下っ引きかとふり返ると、そうではなく、鶴見から加わった富助であった。

「お江戸の人みたく遊びなれていねえから、もう眠くなっちまって」

恥ずかしそうに頭をかく。かまわないよ、と清兵衛は、富助とならんで歩きだした。

潮《しお》のにおいのする風が、浴衣に羽織を重ねただけの肌を心地よく過ぎる。

「旦那さんだけ、浴衣の柄が違うんですね」

蛙模様ではない浴衣を、富助は不思議そうにながめている。

「これは自前のものでね。私も富助さんと同じに、途中から講に加えてもらった口だ。何やら気後れしてしまってね、なかなか袖《そで》を通せない」

清兵衛の言い訳に、そうでしたか、と納得顔になる。

ふたりは、滝《たき》の川《がわ》にかかる橋を越えた。この先が旅籠の立ちならぶ、宿場の中心になる。

「旦那さん、宿へ戻る前に、もういっぺん海を見ていっていいですか？」

富助が足をとめた。

「海なら、宿から……」

と言いかけて、清兵衛は気がついた。己の部屋からは海が一望できるが、富助はたしかいちばん安い座敷を頼んでいた。

「そうだな、少し寄り道するのも悪くない」

うれしそうな富助とともに、川沿いの道へはいった。富助はいかにも大事そうに道中差を抱えており、料理茶屋にいたときも片時も離そうとしなかった。

すぐに視界がひらけ、打ち寄せる波の音が下方からきこえてくる。満月の端を欠いたような月が、はるか彼方の水面を銀色に照らしていた。

見入っていた清兵衛の傍らで、ふいに薄気味の悪い声がした。

「巽屋の旦那、すまねえが、こっからはひとりであの世へ行ってくだせえ」

その手に光る刃物に気づくまで、それが富助の声だとわからなかった。道中差は隠し財布などではないと、察したときには遅かった。

「おまえは……刺客か！」

返事はなく、相手はたちまち間合いを詰めた。風呂上がりの軽装で、懐刀も身につけていない。後ろに下がりながら突き出された刃を辛うじてかわしたが、岩だらけの足場の悪さに草履がすべった。尻もちをついた清兵衛の視界を、真っ黒な影がふさぐ。

（駄目か……！）

観念したとき、びゅん、と風を裂くように、何かがふたりのあいだにとんできた。

「旦那！」

弥五郎の声がして、ふたつの足音が近づいてくる。ふたたびとんできたものが賊の刀に当たり、硬い音をはなった。蛇のようなものが地に落ちて、岩だらけの地面を這った。

「鎖鎌《くさりがま》か」

舌打ちして男は、新手の方に向きを変えた。

刀を手にした弥五郎と、鎖鎌を握っているのは、下っ引きの亀太だった。先端に分《ふん》銅《どう》をつけた鎖が賊を牽制《けんせい》し、清兵衛との間合いが開いた隙間に、弥五郎がすべりこむ。

「大丈夫ですかい、旦那！」

己をかばうように立ちはだかるこの男が、清兵衛の目には、どんな武芸者よりもたのもしく映った。

厠《かわや》で酔いつぶれた者を介抱し、座敷に戻ってみると清兵衛の姿がなかった。

「おい、亀、旦那はどこに行ったんだ！」

酒ですっかり造作《ぞうさ》のゆるくなった悪友の顔に、ためらうことなく水をぶっかけた。

「てんめえ、この、何しやがるっ！」

鼻にはいった水をくしゃみでとばしながら、亀太は食ってかかったが、清兵衛がひとりで宿に戻ったと傍らのお世からきき知ると、たちまちおろおろしはじめた。

「そういや旦那のすぐ後に、須賀沢村の富助さんも居なくなったよ。一緒に帰ったのかも知れないね」

弥五郎の肌が、ざわりと粟立《あわだ》った。

（まずい……やっぱりあいつは……）

亀太とともに宿にとって返しながら、富助を拒《こば》み通さなかったことをひたすら悔《く》やんだ。

どこが気に障《さわ》ったのかと問われると、弥五郎にもわからない。ただ、この男の何かを見落としている、その不安がどうしても消えなかった。

「どん亀なんぞを同行させた、おれが馬鹿だった」

「なに言ってやがる。旦那にあまりしつこくするなと、余計な指図をしたなぁ、どこのどいつだ」

旅籠に戻ってもふたりの姿はなく、焦りは増す一方だったが、運のいいことに宿場をぶらついていた同宿の客のひとりが、滝の川で海側に曲がったふたり連れがいたことを教えてくれた。

「おれは旦那の横で、のべつまくなしにしゃべり倒すのをやめろと言ったんだ。てめえが度をすぎてなれなれしいものだから、旦那に気味悪がられたんじゃねえか」

「黙って横に張りついてる方が、よっぽど気味わりいだろうが」

つきあいの長い分、互いに口が悪くなるのはいつものことだが、不安を払拭《ふっしょく》するように、川沿いの道を走りながらふたりは盛んにやり合った。

弥五郎はこの悪友に巽屋を探らせ、さらに用心棒として同行させることにした。

亀太が世話になっている本所住まいの熊三《くまぞう》親分は、蛙屋徳右衛門とも顔なじみだった。親分から蛙講に加えてほしいともちかけて、直前になって腰を痛めた芝居を打ってもらったのである。

「旦那、遅くなってすまねえ！」

亀太が声を張りあげた。抜けたところはあるものの、弥五郎にとっては十人の助っ人よりも頼りになる。亀太がいれば、どんな剣豪相手でも負けはしない。

清兵衛の無事をたしかめて、弥五郎は富助に目を据えた。

相手の草履が岩を蹴った。弥五郎は迫る刃をはねのけ、そのまま一歩ふみ込んで腿《もも》をめがけて斬りつけた。富助はわずかに腰を引き、これをかわした。

「先夜の三人組とは、雲泥《うんでい》の差だ」

弥五郎が舌打ちまじりに、低く呟いた。

富助が腰を落とし、刀を構えなおした。おどおどとした田舎者の影は微塵《みじん》もない。紛れもなくそれは、腕に覚えのある侍の姿だった。

男がふたたび動いた。刃のぶつかる音が二度響き、闇の中に火花が赤く光った。

弥五郎の速さに対し、相手は抉《えぐ》るような剣だった。ふり上げられたその刀に、亀太の放った鎖が巻きついた。

「よし、かかった！」

分銅をつけた鎖で、相手の得物をからめとり、引き寄せて鎌で切りつけるのが鎖鎌だ。鎖をにぎった拳を、亀太が強く引き、賊のからだが右につんのめったが、器用にくるりと刀をまわし難なく鎖をはずした。

「あちゃあ」

亀太は大仰にがっかりしたが、弥五郎はその機を逃さなかった。鎖にかまけて開いた相手の右肩を、弥五郎の刀が裂いた。ぐっ、という低い呻《うめ》きとともに、道中差が地に落ちた。

それを蹴りとばし、弥五郎は相手の胸座《むなぐら》をぐいとつかんだ。

「おまえ、富助じゃないな」

相手は肯定するように、うすく笑った。

「あの手形は！　須賀沢村の富助の手形は、どこで手に入れた！」

「川崎宿のはずれで、旅慣れていないようすの百姓を見つけてな、林道に誘ってそいつから巻き上げた」

「金は！　路銀も一緒に盗んだのか！」

ああ、とこたえた男を、弥五郎は思いきりぶん殴《なぐ》った。よろけたところをさらに殴りつけ、仰向けに倒れたからだに馬乗りになる。

「五年がかりで貯めた金だと、あんたはそう言ったよな。伊勢詣の路銀のために百姓がどんなに大変な思いをしているか、本当にわかっているのか！　いったいどれほどの汗水があの金に込められているか、あんたにわかるか！」

常には表情の乏しい顔が、様変わりしている。亀太や清兵衛がはっとするほどに、それは鬼気迫る形相だった。

「代参りってのはな、その汗水をすべて抱えていくことなんだ。旅に出て早々、そいつをそっくり失くしたとなれば、村の衆に言い訳さえ立たねえんだ！」

弥五郎の吐く荒い息だけが、波の音にまじって伝わる。

だまってきいていた男が、口を開いた。

「わかるさ。おれも武士とは名ばかりで、中身は百姓と変わらない」

岩に投げだされていた左手を、男はゆるりともち上げて、己の前にかざした。皮が厚ぼったく節くれ立った手は、紛れもなく百姓のものだった。

「この手に毎日握っているのは、剣ではなく鍬《くわ》だ。長旅なぞ夢のまた夢、あの男に代参りを頼んだ村人と変わりはない」

「だったら、どうして！」

「これがおれにとっての、一生に一度の好機だったからだ」

うつろに開かれていた目に、小さな光がまたたいた。

「どうします、旦那。こいつの雇い主を吐かせますかい」

弥五郎が清兵衛を仰いだ。その一瞬の気のゆるみをついて、男の左拳が弥五郎の顎《あご》を殴りつけた。ふいを食らったからだの下から、男が素早く抜けだして、まっすぐに海に向かった。

「あっ！」

止める間もなく、男の姿は三人の視界から消えた。亀太があわてて下をのぞき込む。

「野郎、逃げやがったのか」

「いや、おそらく……自害したのだろう」

台地から海面まではかなりの高さがあり、下は岩場である。助かる見込みはあるまいと、清兵衛は静かに告げた。

暗い海に、岩をたたく波の音が大きく響いた。

「おやまあ、旦那、よくお似合いですよ」

お世に手放しでほめられて、蛙模様の浴衣を着込んだ清兵衛が、苦笑いを返す。

どうやらひとつ山を越えたようだと、弥五郎はほっと息をついた。

昨夜の酒が残っていそうな顔もちらほらあったが、皆は明け七つには滞《とどこお》りなく宿を出た。

「まったく、富助さんもついてないねえ。旅に出た早々、村に逆戻りとは」

蛙屋徳右衛門が、同情めいたため息をこぼす。偽の富助の話は伏せた。父親が急に倒れたと知らせがはいり、須賀沢村へとんぼ返りをしたと、皆にはそう告げた。

「では、おれもひとっ走りしてきます」

「気ぃつけて行きなはれ。富助はんに、どうぞよろしゅう」

ただひとり、委細《いさい》をきいた惣七が、にこやかに弥五郎を送り出す。

「首でも括《くく》ってなければいいんだが」

災難に遭った本物の富助はどうしているかと、それだけが案じられてならない。弥五郎は忘れ物を届けるという名目で、須賀沢村に手形を返し、ようすを見にいくことにした。

一行とは逆の方向に走りかけ、弥五郎はしんがりにいる清兵衛に、すいと寄った。

「旦那、この金子は有難く頂戴します。必ず須賀沢村の衆に届けますから」

富助から奪った金を、男は腹に巻いていたらしく、宿に残された荷物からは見つからなかった。清兵衛は詫び料のつもりで、二十五両を弥五郎に託し、これならふたり分の旅費になると、手代頭は請け合ってくれた。

弥五郎は、清兵衛の隣にいる亀太を肘《ひじ》で小突《こづ》いた。

「今度こそ、旦那から目を離すなよ。次にしくじったら、簀巻《すまき》にして海に放り込むからな」

「あれはおめえの指図違いのせいだろうが。こっちに濡《ぬ》れ衣《ぎぬ》被せてんじゃねえよ」

「濡れ衣は被せんじゃなく着せんだよ」

小声でやり合うふたりに、まあまあと清兵衛が割ってはいった。

「いいんですよ、旦那。亀の小うるさときたら、まったく肥桶のハエそのもので」

「いや、用心棒だとわかっていれば、私もあんな邪険にはしなかったんだが」

清兵衛が、申し訳なさそうな顔をする。

「ほら見ろ、だからはなから明かしておけと言ったじゃねえか。それを弥五の野郎が余計な真似を」

「どっちにしたって同じだろう。てめえの締まりのない口は、昔から変わらねえ」

肩をどつき合いながら、子供じみた喧嘩は収まらない。

同じ頃、清兵衛を追って江戸を立った者がいたことを、三人はまだ知らなかった。

夜明け前の海は静かで、赤い模様を散らしたように、はるか沖に漁火《いさりび》だけが揺れていた。

第二話　小田原《おだわら》

その騒ぎを知ったのは、小田原《おだわら》の手前、平塚《ひらつか》宿に近い梅沢《うめざわ》の立場《たてば》だった。宿場のあいだに設けられた休み所を立場といって、葭簀《よしず》張りの茶屋があり、土地の名物などを商《あきな》っている。本所相生町の伊勢講の一行は、ここで昼餉をとっていた。

「まさか初鰹《はつがつお》にありつけるなんて、これだけでも旅に出た甲斐があったってもんだ」

からし醤油《じょうゆ》をつけた鰹のたたきを口の中に放り込み、亀太は涙ぐまんばかりだ。

「本当にねえ。江戸では金持ちの口にしか、はいらない代物だからね」

「旦那が料理茶屋を営んでるなら、たらふく食えるんじゃねえのかい」

「言ったろ、うちの旦那はしみったれだって。戻り鰹だって膳に載りやしないよ」

下っ引きの亀太と、料理茶屋の妾のお世が賑やかにやり合う。

ふたりのあいだにはさまっている巽屋清兵衛はというと、さして迷惑そうな顔もせず、もくもくと箸《はし》をはこんでいる。うるさいのは苦手だと、初日にはへそを曲げていた材木問屋の主も、三日目ともなるとそれなり馴染《なじ》んできたようだ。

向かい側からながめていた弥五郎は、安堵《あんど》まじりに目を細めた。

この梅沢は、夏は鰹、冬は鮟鱇《あんこう》を食べさせる。四月も終わりのいまごろは、ちょうど初鰹の時期にあたり、皆は美しい砂と松林が広がる風景を愛《め》でながら、舌鼓を打っていた。この辺りの海岸は、小余綾《こゆるぎ》の磯《いそ》と呼ばれ、古今集にも詠まれている古くからの景勝地だった。

「ついでに大山詣《おおやまもうで》もできりゃあ、さらに有難かったんだがな」

「あたしは、ご免《めん》こうむるよ。夏の盛りに一万五千もの石段を、えっちらおっちら登るんだろ？　途中で干からびちまうよ」

大山は江戸からもっとも近い霊山で、いちばん人気の参詣所であった。一行が先夜泊まった藤沢《ふじさわ》宿の西から、大山への道が分かれているが、六月から七月にかけてのわずか二十日間しか登ることが許されない。毎年この時期は、江戸をはじめ関八州《かんはっしゅう》や甲信越《こうしんえつ》から大勢の信者が詰めかけて、その賑わいは夏の風物詩にもなっていた。

「いつまでも大山はんに負けてられまへん。いっそうきばらんとあきまへんなぁ」

伊勢御師の名がすたるとばかりに、手代頭の春日惣七が発破《はっぱ》をかける。

大山詣が盛んなのは、地の利だけではなしに、大山御師の働きも大きかった。

富士には富士御師、熊野には熊野御師という具合に、あらゆる信仰の場所には御師がいて、信者をつのり講をまとめる。ただ、他の御師は「オシ」と呼ぶのに対し、伊勢だけは「オンシ」という。信者の数も、伊勢は圧倒的な数をほこり他の追随《ついずい》を許さないのだが、東国だけに限って見れば大山に負けている。

惣七の意気込みはもっともだが、御師見習いの弥五郎は目先のことの方が気にかかる。

「おれはそんなことよりも、講中の皆の腹具合のほうが、よほど案じられますがね」

蛙屋徳右衛門を頭とする蛙講の一行は、ひときわ呑気な旅を続けていた。

昨日はたっぷりと江《え》の島《しま》詣を堪能し、名所めぐりにも余念がないが、その食べっぷりも旺盛《おうせい》なもので、やはりちょうど旬にあたる、江の島煮と呼ばれる鮑《あわび》の肝煮《きもに》をたのみ、さらに平塚宿の手前では江戸屋という店に立ち寄って、名物のヒシコナマスを味わった。ヒシコとは片口鰯《かたくちいわし》のことで、このナマス料理が旨いと評判になっていた。

料理ばかりでなしに、境木《さかいぎ》の立場では牡丹餅《ぼたもち》を、そこから目と鼻の先にある品濃《しなの》坂下《さかした》では焼餅をというように、名物ときけば決して素通りしてくれない。いつ腹をこわしてもおかしくないと、つきそいの御師ふたりは、はらはらしどおしなのだった。

「小田原へ着いたら、真っ先に『透頂香《とんちんこう》』を買いに行きますよ。あの丸薬は、胃熱を除くそうですからね」

「やめといたほうがええで、弥五はん。このお人らなら丸薬やのうて、あそこの外郎《ういろう》をたらふく食べるに決まってますわ」

たしかに手代頭の言うとおりだと、弥五郎も納得顔になる。外郎は、透頂香という丸薬を商う外郎家がつくった菓子だった。

「茶をふたつたのむよ」

弥五郎の後ろの縁台に、新客が腰をおろした。

「おれも初めて見たが、ありゃあすげえもんだな」

「まったくだ。あのまま伊勢になだれ込むつもりかね」

旅の商人らしい、ふたり連れの男が互いに言い合う。伊勢というひと言に、御師ふたりが思わず耳をそばだてた。

「まさかこんなところで、おかげ参りに出くわすとは」

「おかげ参りやて！」

きいた惣七が、たちまち腰掛けからとび上がった。

「ほんまでっか！　あんさんら、ほんまにおかげ参りを見はった言うんですか！」

素《す》っ頓狂《とんきよう》な大声に目を丸くしながらも、ふたりの商人はうなずいた。

「いつ、どこで、どげなお人らを見たんです！」

胸座をつかまんばかりの勢いで、惣七が矢継ぎ早にたずねる。いつもおっとりと物腰のやわらかな手代頭の変わりように、蛙講の面々はぽかんと口をあけている。

「ついさっき、小田原宿の手前だよ。『おかげでさ、抜けたとさ』って囃《はや》しながら、百や二百はいたように思うよ。ほとんどが百姓姿で、女子供も混じってた」

「惣さん、こいつは本物かもしれないな」

弥五郎が小声で言うと、手代頭の額からたらりと汗が滴《したた》った。

「あかん……前のおかげ参りから、六十年経ってまへん。まだ早うおます」

手代頭の物言いに、弥五郎はいぶかるように眉をひそめた。

「おかげ参り」とは、いちどきに大勢の人々が、伊勢を目指し参拝する騒動をいう。

もっとも数の多かった宝永《ほうえい》のおかげ参りは、わずか五十日で三百六十万人が詣《もう》でたといわれ、一日の参拝者数は、最高で二十万人を超えた。

これだけの群衆が押し寄せるために、街道筋ではあらゆるものが窮乏《きゅうぼう》し、物価ははね上がり、米や金銀相場にまで関わってくる。まさに国中を巻き込む大騒動なのだった。

「もしほんまもんなら、一刻も早うわてらは伊勢に戻らなあきまへん」

どこよりも混雑をきわめるのは、伊勢であり御師宿である。こんな悠長な旅をしている場合ではない。

惣七にぐいぐいと腕を引っ張られ、弥五郎は助けを求めるように、清兵衛と亀太に目をやった。

「おかげ参りってのは、伊勢御師にとっては何より有難いことじゃねえのかい？」

眉間の皺《しわ》がとれないままの惣七を、亀太は不思議そうにながめている。

「熟《う》れてない実をもいでも不味《まず》いだけや。何事にも、頃合が大事ゆうことです」

年に何度も江戸と伊勢を行き来しているから、その気になれば惣七の足は速い。清兵衛も商人とは思えぬ健脚で、若いふたりも同様である。

弥五郎と亀太は、清兵衛から離れるわけにはいかない。結局、他の面々を梅沢に残し、御師ふたりに清兵衛と亀太をまじえた四人は、早旅自慢の武士を追い抜く勢いで、小田原へ向かった。

「けどよ、前のおかげ参りから五十年以上経ってんだろ。そろそろ出たって、おかしかねえと思うけどな」

「あきまへん。次のおかげ参りは六十一年目と、昔からそう言われとります」

亀太の言い分も、手代頭は頑固にはねつける。たしかに惣七の言うように、大きなおかげ参りは、なぜかほぼ六十年おきに起きていた。

「たしか、初めが慶安《けいあん》、次が宝永、いっとう近いのが明和《めいわ》だったな」

弥五郎が指を折り、清兵衛が応じた。

「慶安というと、権現《ごんげん》さまが江戸に移られて、ちょうど五十年くらいか」

「慶安三年正月ですから、そのくらいですね。このときは、江戸の商人からはじまったそうです」

「次の宝永までは、何年あいてんだ？」

「そこまでは、覚えてない」

亀太の問いに弥五郎が返すと、惣七はあからさまなため息をついた。

「五十五年ですわ。弥五はんにもいい加減、覚えてもらわんと」

惣七は淀《よど》みのないなめらかさで、宝永と明和に起きた、おかげ参りの仔細《しさい》を語った。

二度目の宝永二年は、京都宇治《きょうとうじ》から発生し、西は安芸《あき》・阿波《あわ》、東は江戸まで、各地から三百六十万人が押し寄せた。

そして前回は明和八年、六十六年後のことだ。このときは山城《やましろ》に端を発し、二百万人ほどが伊勢へ流れ込んだ。数では宝永におよばないものの波及した範囲は広く、南は九州まで達し、東北をのぞく全国に広がった。

三度のおかげ参りのあいだにも、小さなものは起きており、決してぴったり六十年ごとに起きるわけでもない。それでも何故か、次のおかげ参りは明和から六十一年目と、巷《ちまた》ではしきりにそう囁《ささや》かれていた。

「さすがは惣さん、てえしたもんだな」

「このくらい、当り前でおます」

亀太にほめられても、惣七はさしてうれしそうな顔もしない。

となりで弥五郎が、なるほどとうなずいた。

「皆が待ち望んでいた折に出たほうが、それだけ弾みがつく。せっかくのおかげ参りが若い実のままでは、伊勢衆がすする蜜も少ないというわけですか」

弥五郎が嫌味を吐いても、手代頭はまっすぐ前だけを見ている。行く手には、すでに小田原宿が見えていた。おかげ参りの一団は、すでに宿場にはいっているのだろう。

「存外、あの噂《うわさ》も本当ですかい？　おかげ参りは、伊勢御師が陰で糸を引いていると」

惣七はこたえる代わりに、きゅっと唇を引き結んだ。

「外宮も内宮も、二十年おきに宮を建て替える。その金の工面のために、ちょうどいい頃合に、伊勢に大枚の金子が落ちるようにと……」

「弥五はん、滅多なことを言うもんやない」

惣七がぴしりと釘をさし、さすがに弥五郎がだまり込む。

「おかげ参りとなれば、伊勢の衆は儲《もう》けより施行《せぎょう》のほうが多いくらいや。そげなことくらい、弥五はんかてようわかってるやろ」

手代頭のいつにない焦りようを察したのか、めずらしく清兵衛が口をはさんだ。

「そういえば明和の頃は、大坂辺りの有徳者《うとくもの》がたいそうな施行をしたときいているな」

有徳者とは、金持ちのことだ。そしておかげ参りに加わる者たちは逆に、金と自由のない、貧しい奉公人や百姓だった。

親や亭主、主人の許しも得ず、ある日いきなり旅に出る。

いわゆる抜参《ぬけまい》りと呼ばれる者たちがほとんどで、銭《ぜに》さえろくに持たず、着のみ着のままにもかかわらず、大方が伊勢へ辿り着き、また戻ってくる。

これは道中、施行と呼ばれる惜《お》しみない施しがあるからだった。

「そうそう、何百両も撒《ま》いた商人もいたし、食いものはもちろん、えらい数の草鞋《わらじ》や笠をそろえて、船賃をただにして大勢運んだって話もあるな」と、亀太が受ける。このような大商人ばかりでなく、各々の宿場はもちろん沿道の民家でさえも、一夜の宿を貸したり粥《かゆ》をふるまったりと、精一杯のもてなしをする。これがいく月も続くのだから、その負担は決して小さくない。それでも皆が皆、当り前のように情けをかけるのは、施行もまた神仏への報恩《ほうおん》と考えられていたからだ。

「そうでもしないと、貧乏人の大軍が怖くてならねえんだろう。金持ちならなおさらだ」

弥五郎は、施行のもうひとつの理由を口にした。

熱に浮かされ大挙して押し寄せる民衆は、日頃は虐《しいた》げられる側の者たちだ。もし施しを受けられなければ、何をするかわからないと思われて、だからこそ必死ともとれる施行が続けられてきたのだった。

「明和のときは、四十万両近い金が動いたとも言われるね」

清兵衛が、商人らしいことを言う。もちろん、その金がすべて伊勢に落ちるわけではないが、それでもおかげ参りのあいだだけ、米でも魚でも伊勢だけは底をついたことがない。船で馬で、あらゆるところから物資が集まってくるからだ。

「四十万両と言われても、多すぎて見当もつかねえや。初鰹がどれだけ食えるんだい？」

「まだ食うのか。亀が鰹で腹下しちゃ、洒落にならねえぞ」

弥五郎が亀太を茶化し、場の空気がいっときなごんだ。

それでも惣七だけは、糊《のり》を塗りつけたようなこわばった表情を崩さなかった。

「こりゃ、百や二百じゃきかねえぞ。五百、いや、もっといるか」

通りを見わたした亀太が、その数の多さに目を見張る。

小田原宿は、すでにたいそうな騒ぎとなっていた。

「おかげでさ、抜けたとさ」と囃しながら、大勢の者たちが街道で踊り騒いでいる。

「おそらくこの小田原で、いっそうふくれ上がったんだろう。これからもっと増えるかもしれねえ」

「すまないな、こんなときに私の傍《そば》に張りつかせて」

呑気に見物を決め込んでいる弥五郎に、清兵衛が申し訳なさそうにあやまった。

巽屋清兵衛は、何者かに命を狙われている。清兵衛を狙う刺客が傍にいれば、この騒動を見逃す筈がない。騒ぎのもとを問いただすのは手代頭にまかせ、弥五郎は亀太とともに、用心棒の役目を果すことに専念していた。

「旦那が気にすることはありません。あっしもね、水をさしたかねえんです」

と、弥五郎は、まぶしそうに通りをながめた。前垂《まえだ》れをかけた十くらいの小僧もいれば、乳呑児《ちのみご》を抱いた百姓女もいる。

「ほら、みんな楽しそうだと思いませんか。女子供の多いのも、おかげ参りの常だった。

つの救いなんだ。せちがらい世の中で、辛い仕事に明け暮れする。そんな日々にあけられた風穴なんです。それを邪魔するなんざ、無粋《ぶすい》だと思いませんか」

「おまえさんは本当に、御師としちゃ変わり種だね」

清兵衛はちらりと弥五郎を見やり、口許をゆるませた。

「大変や、弥五はん、このおかげ参りは偽物や。誰かが何かを企《たくら》んで、起こしたものに違いありまへん」

やがて、汗をびっしょりかいた惣七が戻ってきた。意気込んで、仔細を話し出す。

「ことの起こりは『おふだふり』や。こっから二里ばかり北へ行った、尾谷《おだに》村という村に、たくさんのお札が降ったそうなんや」

札は夜中のうちに撒かれたらしく、今朝、村人が起きると、村中に伊勢神宮の札が落ちていたという。尾谷村はわずか三百人ほどの小さな村で、そのうち百人ほどが騒ぎに加わったようだと惣七は語った。

「おふだふりなら、おかげ参りにつきものだ。別におかしな話じゃねえだろう」と、弥五郎が首をかしげた。

「いいえ、おふだふりの話が出るのは必ず、おかげ参りが起きた後なんですわ」

どこかでおかげ参りがはじまって、その騒ぎの最中《さなか》に、あちらこちらでお札が降ったという不思議話が現れるという。

「大方、どこぞの山師の悪戯だろうとも噂されている。これもそのたぐいかもしれませんね」

「せやけど悪戯にしては、手が込み入りすぎとる。弥五はん、見てみいこの札を」

尾谷村に降ったという札を、惣七は皆の前に広げてみせた。

「つくりは粗末ですが、伊勢の大麻《たいま》に似せてますね」

昔は祈禱をするときに、大麻《おおぬさ》を祓具《はらいぐ》としたために、伊勢のお札は大麻と呼ばれる。

これが一枚、二枚、家の軒先に引っかかっていただけでもおふだふりで、むしろそういう話の方が多い。大量に降った奇蹟譚もあるが、尾谷村の件はやはりおかしいと、惣七は詰め寄った。

「わざわざ偽のお札を、こげに仰山《ぎようさん》つくって小さな村に撒いたんでっせ」

「たしかに……いったい誰が、何の目論見《もくろみ》でこんなことを……」

それまで呑気そうにしていた弥五郎が、初めて真顔になった。

「面白そうじゃねえか、弥五。こいつはひとっ走り、尾谷村とやらにたしかめに行こうぜ」

「弥五はん、わてからも頼みます」

亀太の案に惣七がとびついて、弥五郎もうなずいた。

「幸い、今日のところは、これより先へは進めんやろ。箱根《はこね》のお山へ登るのは、明日の朝。それまでに、からくりを明かして片をつけなあきまへん」

この先には天下の急峻《きゅうしゅん》、箱根が控えている。大方の旅人は、この小田原宿で一泊し、早朝から山にはいり、関所を越えて三島《みしま》へと向かう。

城下町である小田原はひときわ大きな宿場で、数百程度の群衆なら、十分に寝泊まりできる。惣七の話では、おかげ参りときいて、すでに施行の仕度をはじめている旅籠も多いという。

「蛙講の皆さんの宿も押さえたよって、心配はあらへん」

惣七が梅沢に戻り、残してきた講の者たちを小田原に連れてくることで話がついた。

「巽屋の旦那には、申し訳ありませんが」

混乱をきわめる小田原に、清兵衛を残していくわけにはゆかない。

「用心棒ふたりが行くなら、もちろん私も同行させてもらうよ」

三人は来たときと同じ早足で、尾谷村を目指した。


尾谷村への道は平坦で、思ったより楽な行程であったが、まもなく弥五郎は、亀太の妙な素振りに気がついた。きょろきょろと辺りを見回し、時折後ろをふり返っている。

「どうした、亀。腹具合が悪いなら、その辺の茂みで用を足してかまわねえぞ」

「そんなんじゃねえや。今朝から妙な奴がうろついていてな、もしかすっと旦那の刺客かもしれねえと、用心してやってるだけさ」

「怪しい奴がいるならいるで、何だってとっとと明かさねえ」

「騒ぐほどでもねえから黙ってたんだろうが。なにせ相手は女ひとりだ」

「女だと？」

弥五郎が怪訝な顔をする。笠で顔はわからないが、若い女に見えたと亀太は言った。

身なりからすると近在の百姓女でもなさそうで、旅人にしては旅装が中途半端だという。

「ちょうど商家の女中が、抜参りにでも出たような格好で、今朝、藤沢宿の出口らへんでまず見かけたんだ」

同じ女が、途中で休んだ平塚宿や、大磯《おおいそ》の俳諧《はいかい》道場、鴫立庵《しぎたつあん》にも現れた。同じ東海道を西へ向かっているのなら、名所や休み所がかぶることはままある。しかし女はいずれも、物陰からじっと蛙講の一行を窺っているように見え、亀太はそれが気になった。

「女の刺客というのも、なくはない。こっちを油断させるには、上策だからな」

「だろ？　だから鴫立庵で、声をかけてみたんだよ。そしたら犬に邪魔されてよ」

女の傍らにいた大きな犬が、いまにも喉もとに食いつきそうな勢いで、亀太をにらみつけ唸り声をあげた。そのあいだに女は逃げてしまったという。

「犬ごときでだらしのない」

「うるせえや、ちょっと見ねえくらいでかい犬でよ、耳が垂れてて顔がすげえ怖いんだぞ」

「キツネに化かされたんじゃなかろうな。垂れ耳の犬なんて、きいたことねえぞ」

弥五郎は混ぜっかえしたが、隣で清兵衛が呟いた。

「耳の垂れた、大きな犬……」

「旦那、心当りでもあるんですかい？」

「いや、まさかな……そんな筈はない」

清兵衛は気がかりなようすではあったが、三人はちょうど尾谷村にはいり、犬を連れた女の話は、そこで途切れた。

「旦那がた、旅のもんかね。どうぞあがっていきなせえ」

お祓い大麻の降った祝いであろう、あちらでもこちらでも餅やら酒やらがならべられ、尾谷村は村人総出で浮かれていた。しかしよく見ると、途方に暮れているような顔もちらほらあって、大方こちらは、おかげ参りで小作人を失った土地持ちか、女房子供においてきぼりを食らった者だろう。

弥五郎は村人たちから話を拾い、ひとつだけ気になることを耳にした。

「旅の商人だと？」

「ああ、小間物売りのふたり連れで、片方が近くの沢で足を痛めたとかで、十日ばかり村に留《とど》まっていた」

お札が降った以上、伊勢へ行かなければ村に災《わざわ》いが起こる。そう言い立てて、おかげ参りを先導したのはその商人たちらしいとわかった。

「こいつはいよいよ、うさん臭いな」と、亀太がうなる。

小間物売りの姿は、いつのまにか消えていた。皆と一緒に伊勢へ向かったのだろうと、村人たちは言ったが、弥五郎は違うとにらんだ。

ふたりの他所者が、村外れにある寺で厄介になっていたとき、

「ひとまず住職に、話をきいてみよう」

三人は寺へと急いだ。


「おい、なんかようすがおかしいぞ」

まず亀太が気づいて腰をかがめ、弥五郎と清兵衛もそれにならった。

寺は、村の入口から脇道にそれた、奥まった場所にあった。まわりは雑木林で、隠れるのも造作はない。三人は藪《やぶ》に身をひそめ、ようすを窺った。

本堂だけの小さな寺だが、建て替えを済ませたばかりらしく、まだ新しい。堂の扉は閉められて、その前の短い階段の下に、ふたりの男がたむろしていた。

「ありゃあ、どう見ても坊主じゃねえな」

ともに目つきが鋭く、どこか殺気立った気配がある。村の百姓たちとは明らかに違

い、堂の中からは別の野太い男の声もして、外のふたりはどうやら見張りと思われた。

弥五郎と亀太が互いにうなずき合って、清兵衛に指示をする。ふたりが離れるのを待って、清兵衛は藪を大きく揺すった。

「なんだ、野犬か？」

近寄ってきた男のひとりに、脇からとび出した弥五郎が当て身を食らわせ、もうひとりが叫び出すより早く、背後から忍び寄っていた亀太が、相手の首を腕で締め落とした。

見張りを手拭《てぬぐ》いで縛り上げ、三人は本堂をのぞき込んだ。

「さっさと吐けって言ってんだよ！　そんなに死にてえのか！」

見張りと同類の男が、床に向かってどなり散らしている。そこには白髪混じりの頭を慄《おのの》かせている小太りの男と、隣には黒い衣を着た住職らしき姿があった。

「庄屋さんよ、命あっての物種なんだぜ。おれたちはそう気の長いほうじゃねえ。こんな茶番は、そろそろ仕舞えにしようじゃねえか」

奥から別の、低い声がした。柱に寄りかかり、悠然と腕を組んでいる姿は、一味の頭と見える。庄屋と住職の後ろには、商人姿のふたりの男が控えており、この連中が、おかげ参りを唆《そそのか》した小間物売りだろうと弥五郎は合点した。

「……本当に、本当に知らないんだ……千二百両だなんて、そんな大金、この歳まで拝んだことさえ……」

震える声で告げた庄屋が、足蹴《あしげ》にされて床に這いつくばる。

「御仏の前で、なんという無体なことを……」

たちまち胸座をつかまれて、住職の非難もすぐに途絶えた。

「和尚《おしょう》さんよ、あんたがいちばん怪しいんだよ。おれたちは二年前、たしかにここに金を埋めた。それがどうだい、ほとぼりも冷めた頃だと来てみれば、わざわざその上に寺が建っている」

「だからそれは……先年、寺が火事で焼けて……」

「てめえらの寺はよ、まるで逆の村外れにあったじゃねえか。手間ひまかけて林を伐《き》り払い、場所を移す道理がどこにある！」

「火事に遭ったのは方角が悪いと、そう卜《ぼく》に出て……」

どうやら仔細が見えてきて、堂の外の三人が目顔でうなずき合った。

しめて六人の盗人は、二年前、近在で盗んだ金をここに埋めた。ところが掘り返しに来てみれば、林であったところは伐採《ばっさい》されて、千二百両の真上に真新しい堂が建てられていたというわけだ。本堂の床下を掘っても当然金は出ず、村人がネコババしたに違いないと、盗賊どもは目星をつけた。

商人を装って探りを入れて、それでも埒《らち》が明かず、かと言ってこののどかな村では小さな動きもたちまち目につく。

「それでおかげ参りとは、連中もよほど尻に火がついているとみえる」

弥五郎は、口の中で呟いた。おそらく窮余《きゅうよ》の策であったのだろう。もっとも疑わしいと思われる、庄屋と住職に在処《ありか》を吐かせ、村の騒ぎに乗じて金を持ってとんずらする。

また、これには村人をふるいにかける意味もあったのかもしれない。大金を隠し持っている者なら、わざわざ混雑をきわめるおかげ参りに、加わる必要がないからだ。

弥五郎は盗賊たちの胸算用をそう見当しながら、亀太と清兵衛に身ぶりで指示を出した。

「仕方がねえ、楽にしゃべれるようにしてやんな。舌さえ残りゃあ用は足りる。鼻か耳を削《そ》いでやるか、指を一本ずつ落としていくのもいいか」

頭らしき男の言にしたがって、庄屋と住職の前にいる男が刃物をかざす。ふたりの喉から、絞るような悲鳴があがった。

「仏の前で、殺生をするつもりか」

「誰だ！」

賊の誰何を待たず、弥五郎は堂の扉を蹴り破った。

「お伊勢さんを騙《かた》るだけでも、十分に罰当《ばちあた》りだと思うがな」

「てめえ、村のもんじゃねえな。おい、生かして帰すな！」

すぐさま商人姿のふたり組が向かってきたのをたしかめて、弥五郎は身をひるがえした。ひらりと地面に降り立って、堂から離れたところでくるりと向き直った。

「おめえ、何者だ」

「てめえらが騙りに使った、伊勢の御師だ」

「抜かせ！　袴《はかま》もつけてねえくせに、そんなふざけたなりの御師などいるものかっ」

向かってきたひとりの脇腹めがけ、弥五郎が抜き身をたたきつける。声さえ出さず、男は顔から地に伏した。

「何を手こずってやがる！」

堂内から、さらにひとりが走り出た。最前から庄屋と住職を脅《おど》しつけていた男だ。残っていた頭も、ようす見に扉から頭だけを突き出して、その首に鎖が巻きついた。

「ぐえっ！」

「これで一丁上がり。旦那、いまのうちだ」

鎖鎌を手にした亀太が、ぎりぎりと鎖を引っ張って、心得た清兵衛が、堂にはいり庄屋と住職を助け出す。

「大事な生き証人だ、殺すなよ！」

亀太に叫びながら、弥五郎は商人姿のもうひとりの首横を刀の峰で打った。

「わかってらあ、役人の前でたっぷり唄ってもらうんだ、喉をつぶすのも遠慮してやらあ」

「このやろ、調子に乗りやがって……」

鎖に巻かれた首から上を朱に染めて、頭が苦しげな声をしぼり出す。じりじりと亀太の方へと引きずられていたが、間合いが詰まったところで、いきなり突進してきた。

「亀太！」

頭突きを顔面に食らった亀太がたたらを踏んで、その隙《すき》に素早く首から鎖をはずす。苦しそうに咳《せ》き込みながらも、頭は冷静だった。鎖鎌を握ったままの亀太ではなく、庄屋と住職をかばいながら、ちょうど堂から出てきた清兵衛にとびかかり、並より大きなそのからだを縁に引き据えると、首裏に匕首《あいくち》を突きつけた。

「そこまでだ。ふたりとも、得物を捨ててもらおうか」

形勢はたちまちひるがえり、弥五郎が小さく舌打ちする。

「おら、さっさと刀を離せってんだよ」

弥五郎の目の前にいる子分が、嫌な笑いを浮かべた。悔しそうに顔をゆがめ、弥五郎が握っていた右手をひらく。しかし刀が地に落ちたとき、背中で高い声がした。

「お行き！　ブチ！」

弥五郎の背後から、風のように茶の塊が躍り出て、まるで矢さながらに本堂めがけてつっ走る。

「うわあああ！」

盗人の頭から、太い叫び声があがった。その腕に嚙みついているのは、耳の垂れた大きな茶色の犬だった。

「……おまえ、ブチか」

あえぐように呟いて、清兵衛は急いで賊から離れた。

その機に乗じて、弥五郎は眼前の男の顎を殴りつけ、よろけた相手の鳩尾《みぞおち》にさらに一発お見舞いした。己の持ち分を片付けた弥五郎が、声を張りあげた。

「亀、そいつをどうにかしろ」

「どうにかって言ったって……」

本堂の縁の上で、必死にもがきながら七転八倒している頭をながめる。何度引き剝がしても、腕と言わず足と言わず、犬はがぶりがぶりと執拗《しつよう》に食いつく。すでに匕首さえもとり落とし、頭は悲鳴をあげ続けている。

犬と一緒に、頭が短い階段をころげ落ちたとき、弥五郎の背後でようやく声がした。

「ブチ、やめ！」

嘘のように犬は攻撃をやめ、まっすぐに主のもとへ走り寄る。

「よしよし、ブチ、よくやったわね」

弥五郎がふり返ると、きちんとお座りした犬の頭を撫でているのは、若い女だった。

あっ、と亀太が声をあげる。

「そいつだ、その女だよ。藤沢の宿や鳴立庵で見かけた……」

亀太が述べたとおり、笠を背中にぶらさげて草鞋を履いているものの、足許も脚絆で固めておらず、縞木綿《しまもめん》の着物姿は、お店の女中が着のみ着のまま抜参りに出てきたようだ。

「千代《ちよ》、おまえ、どうしてこんなところに……」

信じられないと言いたげな表情で、ゆっくりと近づいてきたのは清兵衛だった。

「旦那の……お知り合いですか？」

弥五郎が、十七、八に見える女と清兵衛を見くらべる。

顔立ちは平凡だが、まっすぐに向けられた視線と締まった口許が、意志の強さを感じさせた。

「ひょっとして、巽屋のお女中ですかい？」

血まみれの賊の頭を手早く縛りあげた亀太が、やはり清兵衛の後に続く。

「……娘だ」

大きなため息とともに清兵衛が吐き出して、亀太はあわてて口をおおった。

「本当に、なんとお礼を申し上げてよいやら」

庄屋と住職が、深々と頭を下げる。すでに日はとっぷりと暮れて、燭台《しよくだい》の灯りに、六人まとめて縛りあげられた賊が、ゆらゆらと浮かび上がる。

この盗人一味は二年前、小田原城下の商家から千五百両を盗み出した。しかしすぐに追っ手がかかり、当座凌《しの》ぎの三百両だけを分配し、残りを尾谷村の雑木林に埋めたのだった。

「連中が埋めた金には、本当に心当りがないんですね」

弥五郎の問いに、住職が神妙にうなずき、庄屋も当惑顔をする。

「はい、御仏に誓って、まったく覚えがありません」

「村人の中にも、そんな気配のある者はなく……この二年で村を出た者もおりません」

百姓がいきなり大金なぞを手にすれば、おかしな素振りが必ず出てくる筈だ。尾谷村の村人には、やはりあずかり知らぬことなのだろう。

「だったら金は、どこに消えたってんだい」

腕や足に布を巻かれた情けない姿で、それでも頭の男は気丈に言ってのける。

「そうだな……あとはふたつしか考えられねえ」

頭が目の色を変えた。弥五郎はすいと立ち上がり、頭の前に膝をついた。

「ひとつは、この堂を建てた大工だ」

あ、と頭の口があいた。庄屋と住職は、思わず顔を見合わせる。寺の普請を任せたのは、小田原の宮大工だと、住職が明かす。

「その宮大工の棟梁《とうりょう》か、あるいは下っ端大工たちに、妙なようすはありませんでしたか」

しばしのあいだ考えて、ふたりは首を横にふった。棟梁にはつい先日も会ったが、何も変わったようすはなく、若い大工たちの顔ぶれも同じだったと告げる。

「なにより、林を伐り払い、寺を建てるための地ならしや穴掘りは、村人の皆も加わりました。千両箱なんぞ見つかれば、たちまち大騒ぎになる筈です」

庄屋の話に満足そうにうなずいて、弥五郎はまた頭に目を移した。

「だったら、残りはひとつだ」

「誰だ。金を奪ったのは、どこのどいつだ!」

「あんたら自身さ」

一瞬ぽかんとした頭は、すぐに顔色を変えた。

「てめえの戯言《ざれごと》に、つきあうつもりはねえんだよ」

「戯言なんぞじゃねえ。あんたの仲間は、初めからこの五人だけか」

弥五郎をにらみつけながらも、頭はそうだと応じた。金を盗んだのも埋めたのも、己を含めたこの六人だという。

「それなら、あんた以外のこの五人のうちの誰かが、先に金を掘り出して、そっくりネコババしたんだよ」

頭の目が、大きく広がった。

「あんたたちはこの二年、ずっと一緒に張りついていたのか？」

「……いや、押し込みをかけるときに集まる他は、目立たぬように散り散りになって……」

「ようく考えてみろ。金の隠し場所を知っていたのは、この六人きりの筈じゃねえのか？」

頭はそれきり口をつぐみ、代わりにその隣の男が怒声をあげた。

「てめえ、いい加減なことを！」

「おめえ、そういえば、昔から博奕癖《ばくちぐせ》が抜けなくて、始終ぴいぴいしてたよな」

叫んだ男の顔を、その隣の賊が窺っている。

「何だと、てめえこそ宿場女郎に入れあげて、さんざっぱら巻き上げられていたじゃねえか！」

たちまち唾《つば》をとばし合いながらの口喧嘩となり、その背中ではのこる三人が同様の罵《のの》り合いをはじめる。弥五郎はうすい笑いを浮かべ、庄屋と住職の前に戻ってきた。

「あの……そういうことなのでしょうか……？」

揉《も》める盗人たちをちらりとながめ、庄屋がたずねた。

「本当のところは、おれにもわかりません。ただ、そういうことにしておけば、この村が役人に、妙な疑いを持たれることもないでしょう」

こそりと囁《ささや》かれ、尾谷村のふたりの顔が、たちまち晴れやかになる。

「その代わり、おかげ参りの連中を説き伏せるのに、手を貸してくださいますね？」

「もちろんですとも。これからすぐに小田原宿に走って、皆に事の次第を話します」

「これで惣さんも、溜飲が下がるだろう。一件落着だな」

安堵した弥五郎の背を、亀太がつついた。

「おい、もうひとつは、落着してねえようだぞ」

亀太は顎で、堂の外を示した。

「千代、おまえを連れていくつもりはない。すぐに江戸に戻りなさい！」

「いやです！　私も一緒に伊勢へ参ります！」

外では、清兵衛と娘のお千代が、堂々めぐりの親子喧嘩を続けていた。

「さすが親子だ、頑固なところがそっくりじゃねえか」

弥五郎と亀太が、扉の隙間《すきま》からのぞき見る。

「何とかしろよ、弥五」

「おれがか？　あれは無理だ。惣さんみたいに弁の立つ奴じゃねえと」

弥五郎は尻込みしたが、親子の言い合いは、いつまで経っても埒が明かない。しびれを切らした亀太に無理やり追い出されるようにして、弥五郎はしぶしぶ堂を出た。

「こっちの方が、盗賊どもよりよほど難儀だ」

ぼやきながらも弥五郎は、ふたりにおそるおそる声をかけた。

「少し冷えてきたようですし、旦那もお嬢さんも、今夜はそのくらいにして……」

「これは父と私の話です。あなたに口をはさまれたくありません」

ぴしゃりとやり込められて、ぐうの音も出ない。闇の中でも、お千代のまっすぐな視線が、こちらを射抜いているのがわかる。

「あなたに唆されたせいで、おとっつぁんは急に伊勢詣なぞを思いついて……」

「よしなさい、千代。話を持ちかけたのは、私の方だ」

父親になおも抗《あらが》うように、娘はぷいとそっぽを向いた。

「それなら勝手にするがいい。言っておくが、私は一切おまえにかまわないからな。そのつもりでいろ」

厳しい表情で言いわたし、清兵衛はくるりと背を向けて、堂の内にはいってしまった。

残された弥五郎は、頭を抱えたくなった。うまい文句のひとつも浮かばず、ただその場に突っ立っている。

「あなたもどうぞ、お戻りください」

気丈な声で、お千代が告げた。

「お嬢さんは、どうなさるんです？」

「父が言うとおり、私のことならおかまいなく。ブチがいれば大丈夫ですから、ひとりで宿を探して泊まります」

「女のひとり旅では、宿でも油断はできません。宿の中までは、犬ははいれませんよ」

「何があろうと、あなたには関わりないでしょう！」

言葉尻を捕えられたようで、腹立たしいのだろう。お千代は憤然と踵《きびす》を返すと、そのまま行こうとした。弥五郎は思わず、その腕をつかんだ。街道ならまだしも、こんな真っ暗な道を、女ひとりで歩かせるわけにはいかない。

「離してください！　あなたに用はありません」

「お嬢さんになくとも、こっちにあります。お嬢さんに、ききたいことがあるんです！」

邪険に払いのけられて、思わずそう叫んでいた。

お千代が、怪訝な顔でふり返る。

「何ですか？」

「えっと……」必死で頭を働かせても、よい知恵は浮かばない。「お嬢さんが……江戸を立ったのはいつですか？」

時間稼ぎに過ぎない間抜けな問いだが、娘は横を向いたまま昨日の朝だと告げた。

清兵衛とは、ちょうど一日違いの出立となる。父親に追いつくために、駕籠をとばしてきたようだ。

「よく、あっしらが、藤沢の宿に泊まったとわかりましたね」

「ブチが、吠えたから……」

お千代は清兵衛のにおいを、犬に追わせていた。

ブチはいまもお千代の傍らに、影のように寄り添っている。両目の上の斑点《はんてん》が怒り眉のように見え、それが名前の由来のようだ。

この獰猛《どうもう》な犬が一緒では、阿漕《あこぎ》で名高い駕籠かきたちも、おとなしくお千代に従うしかなかったろうと、弥五郎はそっと笑みをこぼした。

「この大きさもめずらしいが、耳の垂れた犬なぞ初めて見ました」

「ブチは、加賀犬《かが》なんです。加賀の猟師が熊撃ちなぞに使う、猟犬だそうです」

犬の話になると、娘は少しだけくだけた調子になり、垂れた耳の後ろをやさしくかいた。

「お隣の賀州《かしゅう》屋さんのご隠居が、生まれたばかりのブチを金沢《かなざわ》から連れてきて。子犬の頃から育てたけれど、ご隠居さんと、毎日遊んでやっていた私にしか懐《なつ》かなくて」

その隠居の道楽が、鉄砲打だった。年に数度この犬を連れて武蔵《むさし》の山にはいり、鹿や兎を仕留めてくる。ブチが機敏で、獲物にとびかかるのを躊躇《ちゅうちょ》しないのは、そのためだという。

「巽屋さんの、旦那の犬ではないんですか」

「おとっつぁんは、犬猫が嫌いで……」

偉丈夫《いじょうふ》な清兵衛にも苦手があったのかと、弥五郎はおかしくなった。それまでの緊張がいくらか解けて、同時に、あることに気がついた。

「お嬢さん、今夜は一緒に小田原に泊まって、明日の朝、江戸へ戻ってください」

お千代がはっとして、弥五郎を仰いだ。

「旦那の後を追って急いで出てきたのなら、往来手形をとる暇《いとま》もなかった筈です。手形がなければ、箱根の関所は越えられません」

抜参りの者を大目に見てくれる慣習はあるが、それも男だけの話だ。入り鉄砲同様、出女にかけては関所はことのほか厳しい。諸大名の妻は、公儀への人質の意味で江戸に留めおかれている。これが国許へ戻ることがないよう、箱根をはじめとする関所では、江戸から出る女には目を光らせていた。

「お嬢さんは初めから、伊勢へ同行するつもりはなかったんじゃありませんか？」

それまでからだを支えていた芯《しん》が抜けたように、お千代は犬の傍らにくずおれた。丸くなった背中から、小さな嗚咽《おえつ》がこぼれ出る。

「どうしても、おとっつぁんを止めたかった……」

しゃくりあげながら語るお千代の話に、弥五郎は辛抱強く耳をかたむけた。

江戸を立ったときの父親のようすが、お千代はどうにも気にかかってならなかった。母を頼むと言われたときは、まるで今生の別れのようで、このまま父には二度と会えないのではないかという恐ろしい思いが、どうしても拭《ぬぐ》えなかった。

「なにより、旅立つときの父の顔が、何もかもあきらめたように寂しげで……あれはお伊勢参りに行くような顔じゃありません。まるで、これから死にに行く人のようで……」

お千代のことばが、鋭く胸を刺した。やはり、という思いが脳裡《のうり》をかすめた。娘の勘は、おそらく正しい。清兵衛の伊勢参りには、何か別の思惑があり、それはたぶん、命を賭《と》してのものなのだろう。わざわざ用心棒を乞《こ》うたのだから、それは刺客の存在とはまた、別のものではなかろうか。

「あの旦那にきいたところで、素直に話してはくれなかろう。それならいっそ……」

弥五郎は口の中で呟いて、うずくまるお千代の肩に手をかけた。

「お嬢さん、一緒に伊勢へ行きましょう」

「え？」

はじかれたように、お千代は顔を上げた。濡れた目が、じっと弥五郎を見詰めている。

「でも、往来手形が……」

「箱根を抜ける策が、ひとつだけあります。次の新居《あらい》の関所までに、手形は手にいれてさし上げます。腕こきの手代頭がおりますから、うまくやってくれるでしょう」

お千代が泣き笑いの顔で、小さく礼を言った。

あまりなれなれしくするなというように、傍らの大きな犬が、ずいと首を突き出した。

「まったく、坊の思いつきいうたら、けったいなことばかりで」

手代頭の惣七が、ねちねちと嫌味をこぼす。

「巽屋の旦はんを説き伏せるのに、夜半過ぎまでかかりましたわ」

お千代の同行を承知させるのに、熱弁をふるった惣七は、寝不足の腫《は》れぼったい目を恨めしそうに弥五郎に向けた。

「すべて惣さんあっての物種だよ。お嬢さんの手形も、どうにかなるんだろ？」

「江戸に一筆したためるか、あるいは先々のご領で、見知りのご家老にたのみ込めば」

「さすが惣さんは、頼りになる」

百姓姿の弥五郎をちらりと見やり、惣七は仕方なさそうにため息をつく。

「じゃあ、惣さん、箱根の宿で待っててくれよ」

「手形より何より、このお人らを行かせるほうが、心配でたまりませんわ」

惣七は、まだ明けきらぬ小田原宿を埋めつくす、人波をながめわたした。

昨晩、宿でたっぷりともてなしを受けたおかげ参りの者たちは、すでに浮足立っている。その数は、ざっと千人はいよう。昨日より、さらに数が増えたようだ。

「本当はこの連中にも、伊勢を拝ませてやりたいんだがな」

希望に満ちた姿に、弥五郎が切ない顔をした。

「案じることはあらへん。あと何年かのうちに、必ず本当のおかげ参りが起きますよって。運がよければこのお人らも、お伊勢さんに辿り着くやろ」

「そう言い切るってことは、やはりおかげ参りは伊勢御師の仕業なのか?」

手代頭は、ゆるりと首を横にふった。

「いつ、どこではじまるのか、それは誰にもわからしまへん。けど、その波がどこまで広がるかは、存外、人の思惑がはいってくるやもしれまへんな」

おふだふりの奇蹟は、やはり御師が山師にさせているのかと、弥五郎はたずねたが、惣七は何もこたえず、本当のところは後の世の誰にもわからなかった。

ただ惣七の言ったとおり、この数年後、五百万人という史上最多の民衆が、伊勢へと向かうこととなる。四国の阿波から発したこの騒動は、人々が期待していた六十一年目より、一年だけ早く起きた。

「お嬢さん、あっしの傍を、決して離れないでください」

先頭から動き出した人の群れの中ほどで、弥五郎は声をかけた。はい、と返事をしたお千代もまた、弥五郎と同様、百姓女の姿をしている。

昨夜のうちに、この騒ぎを止めにいくつもりでいた庄屋と住職に、弥五郎は待ったをかけた。半日だけ延ばしてくれとたのみ込み、ついでに村人の野良着を二枚借り受けた。

おかげ参りが起きれば男も女もなく、関所も門をあけ放して通すしかない。

この群れに紛《まぎ》れれば、手形のないお千代も、関所を通ることができる。

尾谷村の顔役たちは、関所を抜けた箱根宿で待つ手筈となっていた。惣七は本物のお祓い大麻を用意して、せめてもの土産にしてもらう心づもりだ。偽のおかげ参りに踊らされ、伊勢への道をふさがれる者たちも、おそらく納得してくれるだろう。

「お嬢さん、もうひとつだけ、教えてもらえませんか」

くたびれた菅笠をお千代にわたして、弥五郎はたずねた。

「どうして藤沢の宿で旦那を見つけたとき、すぐに声をかけなかったんです？　平塚や鳴立庵でも……旦那を止めにきたってのに、何だってだまって見ていたんですか」

それは……とお千代は一瞬口ごもり、ひどく切ない笑みを浮かべた。

「父が、とても楽しそうだったからです。江戸を出たときに感じたものは、私の思い違いだったんじゃないかって、そう思えるほどに……父のあんな顔は初めて見ました」

きいて弥五郎は、きょとんとした。たしかに初日にくらべれば、だいぶ馴染んではきたものの、愛想のなさは変わらず、たいして面白そうなようすにも見えない。

「商いのことしか眼中にないような、厳しい父の顔しか私は知りません。笑うことはおろか、母や私の前でも気をゆるめることさえなくて……」

亀太とお世にはさまれて、もくもくと鰹のたたきを口にはこんでいた清兵衛を思い出し、なるほどな、と弥五郎は呟いた。

「お嬢さんは、そういう旦那を、もっと見ていたかったんですね」

恥ずかしそうにうなずいて、娘は弥五郎を見上げた。

「あの、お嬢さんじゃなく、千代です。そう呼んでください」

まっすぐにこちらを見詰める目は、はっとするほど明るく澄んでいた。

その足許に、伊勢詣の札を背中に立てた、垂れ耳の大きな犬がつきしたがう。

日の出前の闇を吹きとばす勢いで、おかげ参りの囃し声が大きく響いた。その声に押されるように、東の空はゆっくりと白みはじめていた。

第三話　浜松《はままつ》

「へええ、あれが出世城かあ」

浜松《はままつ》城の天守が見えてくると、亀太が額に手をかざした。

東海道二十九宿目、浜松宿は、大きな城下町だった。

本陣の数の多さは街道一で、その賑わいぶりは、「遠州《えんしゅう》浜松広いようで狭い、横に車が二ちょ立たぬ」と唄われるほどだ。

「昔は権現《ごんげん》さまがいたんだろ？　出世ってのは、そのためかい？」

婀娜《あだ》っぽいしぐさで、お世が小首をかしげる。

「謂《いわ》れまでは知らねえや。親分にきいたことがあるだけさ」

「権現さまの後にはいられたご城代が、皆、出世されているとか。そのためだそうですよ」

お世の隣から、お千代がこたえた。権現さまと呼ばれる徳川家康《とくがわいえやす》の後、浜松城の城主は十人を数えるが、そのほとんどが公儀の重臣となっていると語る。

いまの浜松城主、水野忠邦《みずのただくに》も、やがて老中となり、天保《てんぽう》の改革の立役者となるが、それは十七、八年も先のことで、話に興じる三人の口の端《は》にも上らなかった。

途中の小田原から加わって、すでに七日。

材木問屋の娘お千代は、下町本所の伊勢講に、すっかり馴染んだようだ。

「せっかく仲良くなれたのに、明日からしばらくお別れたぁ寂しいな。お千代ちゃん、おいらのこと忘れねえでくれよ」

前を歩いていた講仲間の大工が、ひょいとふり返る。

「おや、別れを惜しんでくれるのは、お千代ちゃんだけなのかい」

「お世さんさえその気なら、今晩の浜松宿で、たっぷりと惜しませてもらうんだがな」

大工の隣にいた油売りも軽口に加わって、ふたりの女とならんで歩く亀太に目をやった。

「おめえは明日からも、女衆と一緒だろ。今日くらい、そのうらやましい場所を譲ってくれてもいいんじゃねえか」

「うらやましいと言いながら、さっきっから顔が笑ってますよ、兄《あに》さん方」

亀太が横目でちらりとにらむ。本当は、うらやんでいるのは亀太の方だと、大工も油売りもよく承知している。亀太が、はああっと胃の腑を吐き出すようなため息をついた。

「やっぱり女は、足手まといなんでしょうか。徒《かち》も遅いし、何かと厄介《やっかい》ですし……」

男たちのやりとりをきいて、お千代が小声でお世にたずねた。

「そうじゃないんだよ、お千代ちゃん。連中の頭の中はね、助平《すけべい》な思惑でいっぱいなのさ」

蛙講と名のついたこの伊勢講には、女が三人混じっている。世話役の蛙屋徳右衛門の妻女と、お世とお千代だ。男ばかりの味気ない旅にくらべれば華《はな》やかではあるものの、その分、不自由なことがある。

「あたしらと離れている三日ばかりのあいだに、女遊びに精を出そうというわけさ」

男の旅の醍醐味は、女を買うことにある。各々の宿場には、飯盛女《めしもりおんな》という名の大勢の遊女が控えており、妓楼《ぎろう》めいた茶屋もある。蛙講の男たちも、陰ではちょいちょいつまみ食いをしていたものの、女たちの目をはばかって、あからさまな真似だけは慎んでいたのだった。

「ことに待ち合わせ場所の御油《ごゆ》宿は、飯盛女の数の多さじゃ評判でね。いまから涎《よだれ》がとまらないってところだろうよ」

「そういう、ことですか……」

まだ十八の、大店のひとり娘であるお千代には、刺激の強い話のようだ。頬を少し赤らめながらも、つまらなそうな亀太の顔を、気遣《きづか》わしげにのぞき込む。

「ごめんなさい、亀太さん。私のために……」

「え、いや、いいんすよ。別にお千代ちゃんは、何も悪くねえ」

「そうだよ、船も関所もご免なのは、あたしも同じさ。からだをあちこち探られるなんて、正直ぞっとしないからね」と、お世が首をすくめた。

浜松宿を過ぎると、『今切《いまぎれ》の渡し』と『新居の関所』がある。

このふたつは、女にとっては難所だった。女は船に弱く、今切のような渡し船を嫌う。また新居の関所は、女改めの厳しさでは箱根を上まわると評判だ。船と関所を避けるため、浜松から脇往還《わきおうかん》に入り、本坂越《ほんざかごえ》の道をとることは、女旅ならめずらしくはなかった。

講の中ほどで、お千代が亀太に詫びていた頃、

「千代のために、わざわざ遠まわりをさせる羽目になって、本当にすまないな」

同じ並びのしんがりでは、父親の巽屋清兵衛が、弥五郎に向かって同じ文句を口に

していた。

「よしてください、旦那。お嬢さんを同行させたのはあっしですし、新居までに証文を手に入れることができなかったのも、こっちの落度です」

お千代は父親の後を追って、手形も持たずに江戸をとび出した。箱根の関所は『おかげ参り』の騒動を利用して抜けさせたものの、次は新居が控えている。

往来手形だけなら、造作はない。関所近くの宿場なら、旅籠や茶屋で二、三十文も払えば手に入り、男はこれだけで事が足りる。江戸からの出女にはもうひとつ、幕府の留守居証文が必要だった。

手代頭の春日惣七は、お千代の留守居証文を手に入れるべく、途中立ち寄った藩で、知己にある家老を訪ねてみたが、不在であったためにうまくゆかなかった。結局、江戸にいる公儀の役人に便宜を頼むより仕方なく、急ぎ文をしたためて、証文を送ってもらうことにした。

掟破りではあるのだが、そこは遣手の伊勢御師として名を馳せる、春日惣七の顔が利いた。しかし早飛脚をつかっても、新居の関所までに間に合わず、ひとまず伊勢に届けるよう手配してあった。

「遠回りはかまいませんが、裏道だと刺客に狙われやすい。それだけが案じられて」

弥五郎の顔に、憂いがさした。

「だが、薩埵《さった》峠以来、一度も現れていない。用心棒の腕前を知って、あきらめたのかもしれないな」

清水《しみず》湊の手前にある薩埵峠で、清兵衛は旅装束の四人の侍に囲まれた。小用のために林に分け入った、ほんのわずかな隙を狙われたのだ。清兵衛の声に応じて、すぐさま駆けつけた弥五郎と亀太が蹴散らして、どうにか事なきを得たが、弥五郎は肝を冷やした。

「江戸での二度を数に入れると、合わせて四度。おまけに賊は、すべて侍だ。何か心当りはありませんか、旦那」

「……いや、ない」

言ったきり、清兵衛は頑迷そうに口を閉ざした。この男の口を開かせるのは、天《あま》の岩戸《いわと》より難儀なようだ。

今朝過ぎた袋井《ふくろい》宿は、東海道のちょうど真ん中にあたる。四日市から伊勢路へはいるから、すでに旅の七割は終えたことになる。残り三割を、どうにかして無事に乗り切るより他はない。

ひそかに胸の内で手綱を引きしめたとき、後ろから遠慮がちな声がかかった。

「あのお、旦那さん方……おたの申します」

声は弥五郎の、腰のあたりからきこえた。

「おれたち抜参りの者だけど、御合力願えねえだろか」

小汚い身なりの男の子だった。造作のくっきりとした、鼻っぱしらの強そうな顔立ちをしている。

「何か食べ物を、分けてもらえねえですか」

角助《かくすけ》と名乗った子供は、清兵衛が文銭をわたそうとすると、そう言って断った。

「腹がへって動けないと、弟がへばっちまって……浜松まで我慢しろと言ったのに」

と、宿場とは逆の方に指をさす。少し先の道端に、ふたりの男の子が座り込んでいた。ひとりは角助と同じくらい、もうひとりは少し小さかった。

「あの小さいのが弟か？」

「うん、小助《こすけ》っていうんだ。隣が三平太《さんぺいた》。おれと同い歳だ」

ふたりは十二で、小助は三つ下だと言った。

「この講は食い道楽がそろっている。饅頭の十個くらいなら、すぐに集まるさ」

弥五郎が請け合ったとおり、事情を話すと、たちまち菓子だの炒豆だのが、講中の者たちの懐から出てきた。

「いや、そんなには……ひとつで十分だ」

角助は本当に饅頭をひとつだけ手にとって、ていねいに礼を言った。すぐに仲間のもとへ戻り、弟に饅頭を与えている。弥五郎の傍らに、お千代と亀太がやってきた。

「いいお兄さんだわね。身なりは粗末だけれど、礼儀もわきまえているし」

「見附《みつけ》で声をかけてくれりゃ、すっぽん鍋《なべ》を馳走《ちそう》してやったのに」

「たしかにおまえの共食いは、見物だったよ、亀」

弥五郎がすかさず返す。浜松宿のひとつ前、見附宿の名物はすっぽんだった。

やがて足を止めていた一行のもとに、角助は仲間を連れて戻ってきた。

「おかげさまで弟も……ほら、おめえも礼を言いな」

饅頭ひとつですっかり満足したようすの弟の頭を、無理やり下げさせる。顔立ちは似ているが、弟の笑みはまだあどけない。隣にいる三平太は逆に、線が細くひょろりとしていた。

郷里をたずねると、安房《あわ》だとこたえた。安房は上総《かずさ》のとなり、房総《ぼうそう》半島の先端にあたる。

「じゃあ、おまえたちは、浦方《うらかた》の倅なのか」

浦方とは、漁師のことだ。三人はひと月前に小さな漁村を出て、房総半島をまわり、江戸を通ってここまで辿り着いたと語った。

「こいつが二日続けて、お伊勢さまの夢を見たんだ」

抜参りに出た理由をたずねると、角助は、ぽん、と弟の頭に手をおいた。

「小助は昔から、正夢をよく見るんだ」

隣で三平太もうなずいた。しけで帰らなかった船を、六日の後に戻ると当てたり、庄屋の娘が代官の息子の嫁になることも、一年も前に言い当てたという。

弥五郎は、小助の前に屈み込んだ。「おまえが見た伊勢は、どんなだった？」

「立派な御殿で、きれいな着物を着た女子衆《おなごし》が、天女みたいに舞ってるんだ。見たこともねえご馳走を食べながら、おれたちはそれをながめてるんだ」

小助はにこにこと、弥五郎を見上げる。

「たしかに、伊勢はそのとおりの場所だ」と、弥五郎は請け合った。

子供の抜参りは多く、貧しい所帯の倅や、お店奉公の丁稚《でっち》には、よくある話だった。

親や雇い主は、抜参りときくと、まずは駄目だと釘をさす。抜け出すところを見つけると、泣いてすがって止めようとする親もいる。だが、決して無理に連れもどすことはない。つまりは、承知の上での容認なのだ。

勝手に旅に出るのは御法に触れる。諸手を上げて送り出すことはできないが、一方で、広い世間で見聞を広めることは、子供のために良いことだと、そんな考えがあった。

だから子供の抜参りを察すると、親は素知らぬふりで枕元に旅仕度をととのえてやる。雇い主も同じことで、抜参りをして店を辞めさせられたという話はきかない。無事に戻ってきさえすれば、また以前とかわらず雇ってもらえた。

講の世話役の蛙屋徳右衛門が、恵比寿《えびす》のような笑顔を子供たちに向けた。

「見てのとおりあたしらも、伊勢へ向かう道中だ。おまえたちも、一緒に来るかい？」

「いいんですか！」三人の顔が、ぱっと輝いた。

伊勢までの道程はあとわずかだが、蛙講の旅も大方と同じ、伊勢詣にかこつけた物見遊山だ。伊勢からさらに西国へ足を延ばし、海をわたって讃岐《さぬき》の国の金毘羅《こんぴら》に詣で、それから京・大坂と奈良を見物し、帰りに善光寺《ぜんこうじ》をまわって帰途につく。

江戸まで同行させてもらえれば、旅の費用が浮くばかりか、運が良ければ上方見物もでき、安房までの路銀さえ持たせてくれるかもしれない。

大はしゃぎの三人を横目に、弥五郎だけは渋い顔をする。

「道中で人を入れるのは、まずくはありませんか」

「あら、私だって、小田原からお仲間になった口よ」

「巽屋のお嬢さんとは違います。お嬢さんの身許は、旦那が証《あか》してくれますから」

子供たちの顔が、みるみる曇《くも》った。

「おれたちほんとに、安房の村からきたんです」

兄が必死に弁解し、弟の顔が泣き出しそうにゆがむ。亀太が弥五郎に耳打ちした。

「いくら旦那のための用心だからって、相手は子供だぜ」

「鶴見で入れた男が刺客だったんだ。同じことが二度ないとは限らねえ」

弥五郎はなかなか首を縦にふらず、講の者たちもとまどっている。清兵衛の災難は知らされていないが、講をあずかるこの手代が、用心深いことはよくわかっていた。

上役にあたる手代頭は口を出さず、弥五郎に任せるつもりのようだ。

「それなら私が、おまえたちを雇うことにしよう」

「旦那！」

「ここから先は、おまえたちは巽屋の奉公人だ。私の供をしておくれ」

当の清兵衛に言いわたされては、弥五郎の出る幕はない。

「おれたち、荷物持ちでも何でもします！」

「旦那さん、どうぞよろしくお願いしやす」

角助と三平太が交互に口にして、蛙屋徳右衛門が、よかったな、と小助の頭を撫でた。

「おめえの負けだ、弥五」

にやにやする亀太をにらみ返し、弥五郎はふと、お千代に目を向けた。お千代は屈託ありげなようすで、父親を窺っている。

「どうかしましたか。お千代さんも、あの子らに引っかかりがありますかい？」

「いえ、子供たちはいいんです。ただ父が、人が変わったみたいで……」

清兵衛はいつものごとく素っ気ない表情だが、小さな雇い人を見下ろす目はやさしい。

「情けがないとは言いませんが、むしろ情に流されることのない性分で。無駄なお金など、一文だって出したためしはないんです」

それきりお千代はだまり込み、いつまでも父の顔をながめていた。

その晩は、浜松宿に一泊した。東海道と本坂越のふた手に分かれるのは、翌朝になる。

蛙屋夫婦とお世、清兵衛親子と新しい雇い人の三人が、本坂越の道をとり、用心棒たる弥五郎と亀太は、もちろんこちらの組にはいる。しばしの別れを惜しもうと、一行は旅籠近くの料理茶屋にくり出し、盛大な宴を張った。

「これはおれたちがやりやすから、兄さんは一杯やっててくだせえ」

弥五郎が仲居から受けとった盆を、角助がかっさらっていく。清兵衛の傍らには三平太が張りついて、主の盃《さかずき》はもちろん、両袖を占める亀太とお世にもぬかりなく酌《しゃく》をする。

新入りの三人はえらい張り切りようで、くるくるとよく働いた。

「いいから、おめえもたんと食いな」

刺身の皿をはこんだ小助を、子供らしくしてなと言わんばかりに、大工と油売りが無理にあいだに座らせる。

常の宴席なら、誰より忙しいのは手代見習いの弥五郎だ。仕事をとられて手持ち無沙汰にしていると、控えめな声がかかった。

「あの、どうぞ」

お千代が銚子を持って、膝をついていた。

「お嬢さんに酌をさせるなんて、とんでもねえ。旦那に大目玉を食らっちまう」

あわてて銚子を奪いとると、お千代はほんの少し目を見張り、それからくすくすと笑い出した。

「しばしの別れのご挨拶に、皆さんに注《つ》いでまわっているんです。せっかくのお仲間を裂いてしまうのは私のせいですし、そのお詫びもかねて」

「まだ、そんなことを。本坂越は、お千代さんのためばかりじゃありません」

「でも裏道を使えば、父を狙う刺客を、引き寄せることになりかねません。父を守ってくださっているおふたりには、本当に申し訳なくて」

と、行燈《あんどん》の灯りが、ほのかに落ちた畳に目を落とす。

薩埵峠でのことは、講の者たちには物取りだと言ってある。真相を知っているのは、お千代だけだ。昼間、清兵衛にたずねたのと、同じことを弥五郎はきいてみた。

「旦那を狙っているのは侍です。お千代さんに、心当りはありませんか？」

お千代の小さな口許が、ためらうように開き、だがすぐに閉じた。

「もしや、大和国《やまとのくに》砥野《との》藩、千原《ちはら》家では……」

「何故、それを！」

俯《うつむ》き加減でいたお千代が、弾かれたように顔を上げた。

「清兵衛の旦那は、生まれながらの商人《あきんど》じゃない。昔は砥野藩千原家の家臣だった。そうですね？」

「そこまで、知っていたのですか」

「耳の早いのは、伊勢御師の取柄ですから」

弥五郎はそうごまかしたが、旅に出る前、亀太に調べさせたのだ。

下っ引きの亀太は、きき込みならお手のものだ。巽屋は、砥野藩の御用達《ごようたし》看板を持っており、辿り着くのはそれほど難しくはなかったと亀太は言った。

「知ったときには驚きましたが、言われてみれば旦那の立ち居振舞は、商人よりむしろ武士に近い」

お千代は曖昧に、首をうなずかせる。

「お嬢さんのことば遣いも、並の町娘なんぞよりきちんとなすっている。やはり育ちというか躾《しつけ》が違うのだと、そうお見受けしました」

「私は、生まれたときから巽屋の娘です。でも、母も武家の出ですから自ずと……」

それもまた、亀太からきいていたが、不思議に思えたことがひとつある。

「婿《むこ》入りでもないのに、旦那はどうして商人になったんですか？」

商売をはじめる武士は、いくらでもいる。傘張《かさは》りや植木など、下は浪人の内職から、上は両替商や札差までさまざまだ。

だが、清兵衛の人柄は、どうも商人とは縁遠い。あれほど大きな材木問屋を切り回しているのだから才はあるのだろうが、質実剛健な性質は、商人より武士に似合いのものだ。

「経緯《いきさつ》は私もわかりません。母と番頭だけは知っているようですが、私には何も……」

「ご無礼を承知で伺いますが、何か事を起こして、主家からお暇《いとま》をいただいたのでは？」

「ですが巽屋は、藩の御用達を務めておりますし」

たしかに、主家を追われた者に、金看板を与えるのはおかしい。

「それに父は、いまだに藩や千原家を、何より大事に思っています。遺恨めいたものもなく、お酒がはいったときなどは、懐かしそうに大和国のことをよく語ります。だからこそ、父が哀れで……」

お千代の声が、かすかに震えた。

「どういうことです？」

「……実は、千原のお家とのあいだで、揉め事が起きたようなのです。今年にはいってから、いく度も江戸家老さまからお呼び出しを受けて」

「本当ですか？」

弥五郎はにわかに気色ばんだ。お千代の話では、清兵衛はたびたび上屋敷に足をはこび、そのたびに難しい顔で帰ってきたという。

「それがようやく一段落したと思ったら、今度は命を狙われて……一緒にいた手代からきかされたのですが、襲ってきた者たちに、大和訛《なま》りの調子があったと……」

女中は江戸で雇ったが、巽屋の手代はすべて砥野藩の出だと、お千代は言った。

相槌《あいづち》代わりにうなずきながら、弥五郎は江戸で見た三人の刺客を思い出していた。武家風の物言いながら、たしかに西の響きがあった。

「つまり旦那は、お国許のご家来衆から、狙われているというわけですね？」

お千代は悲しそうに、こくりと首をふった。

「父はそれで、自棄《やけ》を起こしたのかもしれません。贅《ぜい》をつくしたお伊勢参りも、道中の大盤振舞《おおばんぶるまい》も、日頃の父には似つかわしくありませんから」

まるで人が変わったようだと、昼間もらしていたのはそのためだろう。

「自棄を起こして伊勢参りか……」

呟いてみたが、どうもそれだけでは、すっきりと合点がいかない。

「やはり当人に探りを入れてみるか……酒の席なら、多少は口も軽いかもしれねえし」

腰を上げかけたとき、後ろから背中をどつかれた。

「いってえな。何だよ、亀」

「弥五よ、お千代ちゃんを口説くなら、せめて親父さんのいないところでしろよ」

「なに能天気なこと言ってやがる。こっちはいま、大事な話を……」

「だからそういう話はな、気のきいた場所でやれってんだよ。見てみろよ、あれ」

弥五郎の頭を両手でつかみ、ぐいと正面に向ける。

清兵衛がいつにも増して不機嫌そうな顔で、じっとこちらをにらんでいた。

「いやだわ。おとっつぁんたら、何か勘違いしてるのかしら」

父親から目を逸《そ》らすように俯いたお千代の頰が、みるみる赤く染まるのが、淡《あわ》い火《ほ》影《かげ》の中でも見てとれる。清兵衛の口が、いっそうへの字に曲がった。

「やれやれ、間が悪いとはこのことだ。あれじゃあ挨拶すらできやしねえ」

弥五郎はため息をつき、自棄くそぎみに盃をあおった。

犬の声で目が覚めたのは、夜半を過ぎた頃だった。

弥五郎がとび起きて、隣に寝ていた手代頭も、眠そうなしゃがれ声をあげた。

「なんや、えらいうるそうおますな」

呑気《のんき》な遠吠えではなく、宿の前で盛《さか》んに吠え立てている。

「あれはもしや……ブチか」

はっとして、同じ部屋の亀太をたたき起こす。

「なんだよ、弥五、もう朝か……？」

「違《ちげ》えよ、何かようすがおかしい。亀、旦那の座敷を見てきてくれ」

ねぼけまなこの亀太が、廊下に首を突き出して向かい側の座敷に声をかける。やはり眠りを邪魔されたらしく、清兵衛は起きていた。ひとまず無事をたしかめて、弥五郎は手早く仕度をととのえると、枕許の脇差をつかんだ。

「惣さん、頼みがあるんだが」

手短に告げると、まかしときなはれ、と手代頭は心得顔で承知した。

「おまえは、旦那の横に張りついてろ」

亀太に護衛を命じ、廊下を行くと、ふた間先の座敷からお千代が顔を出した。

宿で襲われたときの用心に、お千代はお世と一緒に寝泊まりしている。十八になった娘が、父親と相部屋というのもどんなものか、講の者にはその方便で通してある。

「あの声はブチです。あんな吠え方は尋常じゃありません。きっと何かあったんです」

「おれが見てきますから、お千代さんは座敷から出ないでください」

階段を降りた先は広い玄関口で、人の気配はない。だが、板張りの広敷と土間に、細い明かりがさしていた。

「入口の戸があいている……」

宿の大戸はしっかりと閉じられていたが、隅の潜り戸《くぐど》の閂《かんぬき》がはずされて、開いた隙間から月明かりが中にさし込んでいた。賊が侵入したのだろうか。用心して辺りを窺ってみたが、やはりこそりとも音はしない。

犬の声はまだ続いていたが、かなり遠くなっていた。

ひとまず宿の者を起こし、念のため客間を見回るよう言いおいて、外に出た。

旅籠の前にも街道の先にも、耳の垂れた犬の姿はなかった。

「ブチ！」

叫んでみたが、お千代の言うことしかきかない犬が、弥五郎にこたえる筈もない。

どうしたものかと眉を寄せたとき、亀太が潜り戸からとび出してきた。清兵衛とお千代が、その後に続く。

「旦那とお嬢さんは、危ないから外に出るなと……」

「ないんだ！　私の荷物が……！」

月明かりを受けた清兵衛の顔が、ことさら青ざめて見える。

「行李《こうり》はもちろん、枕許にあった懐中物まで、一切合財なくなっている」

「いったい、誰が……」

清兵衛はつと下を向き、苦しげに表情をゆがませた。亀太がばつの悪そうな顔をして、その後を引きとる。

「どうやら、あの三人みたいだ」

「三人て、あの抜参りの連中か？」

「蛙屋の旦那の座敷をたしかめると、隣に寝ていた筈の三人が、どこにもいねえんだ」

角助、小助の兄弟と三平太は、蛙屋夫婦と同じ座敷に床をとった。

「たぶんブチは、父の荷物のにおいを嗅ぎつけて、吠えたのだと思います」

お千代は犬にたどらせて、江戸から清兵衛の後を追いかけてきた。三人が抱えていた荷物から同じにおいを感じて、お千代に知らせようとしたのだろう。

「ちきしょう、あいつら、護摩《ごま》の灰《はい》だったのか」亀太が悔しそうに歯噛《はが》みする。

旅人の金品を狙う盗人を、護摩の灰という。弘法《こうぼう》大師の護摩の灰だといって、偽物を売りつけた者が謂《いわ》れとされるが、胡麻《ごま》の上の蠅《はえ》は見分けがつきにくいから「胡麻の蠅」だという者もいる。

「頼む、一刻も早くとり戻してくれ！　あの中には大事なものが！」

「為替ですか？」

いつになく取り乱している清兵衛に、弥五郎はたずねた。

大金を持ち歩いての旅は、煩《わずら》わしい上に危険も大きい。だから行く先々で両替屋に為替手形を持ち込んで、入用なだけ金銀の小粒や銭に替えてもらう。材木商巽屋の主は、この道中、何かにつけて気前よく財布の紐《ひも》をゆるめ、そのたびに裏書した手形をたずさえ両替屋に走るのは、弥五郎の役目だった。

だが、清兵衛は、違うと叫んだ。

「金なんぞ、どうでもいい。守刀だ！　あれは何より大事なもので」

清兵衛は、肌身離さず懐剣《かいけん》を身につけていた。護身のためだろうと気にも留めていなかったが、あらためて思い返すと、銀糸の巻かれた柄や黒漆《くろうるし》に金蒔絵《きんまきえ》の鞘は、奢った身なりを好まない清兵衛には似合わない代物だ。金蒔絵の模様は、割り柊《ひいらぎ》だった。

「それと……」と言いさした清兵衛は、途中で口をつぐむ。

「それと、何です、旦那？　もうひとつ、大事なものがあるんですね？」

「説く暇《いとま》が惜しい。あの子らを追いかけねば」

たしかに、ぐずぐずしている暇はないのだが、もしも護摩の灰が囮《おとり》なら、この機に乗じて襲われないとも限らない。亀太に任せようとすると、

「子供とはいえ、相手は三人だ。ひとりでは手に負えぬかもしれない。私のことはいいから、ふたりで行ってくれ。何としても、荷をとり返してきてほしい」

清兵衛が、必死の形相で乞う。

「しかし……」

迷っていると、旅籠の内から惣七が顔を出した。

「弥五はん、行ってもかましまへん。手筈は整ったさかい、おふたりのことはわてに任しとき」

「助かります、惣さん」

これで心おきなく、盗人探索に精が出せる。ほっとした弥五郎に、亀太がぼやいた。

「しかし、探すったって、どこから当たればいいものやら」

「ブチを追えば、きっと子供たちの居場所がわかるはずです」と、お千代が言った。

「けど、もう見えなくなっちまったぜ。さっきから、声もしなくなった」

東西に延びる街道を、亀太が心細げに見やる。

「お千代さんの声なら、こたえるかもしれない。ブチを呼んでみてもらえませんか？」

弥五郎にうなずいて、お千代は何度か犬の名を呼んだ。

人気の絶えた夜道に、青白い薄膜を張ったように月明かりが漂っている。道の両側にならんだ旅籠を縫《ぬ》うように、お千代の声が響いた。しばしの静寂の後、はるか遠くで覚えのある犬の声がした。

「こっちだ！」

「惣さん、後はお願いします」

亀太が示す方角に、弥五郎は走り出した。

ふたりは城とは逆の方角に走り、途中で街道を山側に曲がった。

「ちきしょう、どっちだ？」

くねくねとした細い道が二手に分かれたところで、亀太が足を止めた。辺りはすでに人家がとだえ、道の両側は、丈の高い雑草に覆われている。

「いま、何かきこえた……犬の声じゃねえ」

弥五郎は亀太を手で制し、目を閉じて耳をすました。

「助けて！」

右の方から、高い声がはっきりと響いた。右手の奥は林になっているらしく、梢《こずえ》が黒々とした大きな影をなしている。

声に向かって走ると、やがてころがるように駆けてくる小さな影が見えた。顔が判じられるようになり、弥五郎は声をあげた。

「小助！　小助か！」

「あっ、兄さん！」

倒れ込むようにして、しがみついてきたからだを受けとめる。

「お願い、助けて！　兄ちゃんと三ちゃんが捕まって！　おれを逃がそうとして、兄ちゃんたちがやつらに……殺されちまう、ふたりとも殺されちまうよっ！」

「おい、落ち着け！　捕まったって、誰にだ？」

「知らないおじさん。けど、兄ちゃんは、そいつから頼まれたんだ」

蛙模様の浴衣を着た伊勢講にもぐりこみ、巽屋という旦那の荷物を盗み出せ。男はそう言って銭を与え、うまくやりおおせば、倍の礼金を出すとほのめかした。

「何だって、そんな危ねえ話に乗った」

小助と一緒に林に向かって走りながら、弥五郎が叱りつける。

「余計な真似をせずとも、抜参りなら方々の情けにすがって、伊勢へ辿り着けたろうに」

「お伊勢参りは、方便なんだ。ほんとは父ちゃんを探しにきて、でも三ちゃんの親父さんしか見つからなくて……どうせ三ちゃんのとこみたく、好きに暮らしてるんだろうって……だったらおれたちも、勝手をしてもいい筈だって兄ちゃんが……」

語りながら、うええん、と泣き出して、小助の足がどんどん遅くなる。

「ああ、もういいから、話は後だ」

弥五郎は小助を左肩にかつぎ上げ、ふたたび走り出した。

「おいおい、五人もいるじゃねえか。こんな多勢とはきいてねえぞ」

藪《やぶ》に身をひそめ、亀太がひそひそ声でこぼす。

林のとっつきにある大木を、三人の男がぐるりと囲んでいる。別のひとりが提灯をさしかけて、その灯りの中、大木を背にして角助と三平太が座り込んでいた。ふたりの傍らに五人目の男がしゃがみ込み、脅し文句を吐いている。

「おい、残りの品は、どこに隠した。いい加減、白状しやがれ」

「か、隠してなんて……あの旦那の荷は、ほんとにそれしか、なかった……」

震えながらこたえた角助の頬を、男が張った。五人の風体《ふうてい》は、どう見ても堅気《かたぎ》ではない。

「おれたちが探しているのは、こんなしけたもんじゃあねえんだよ」

足許にある、ふたのあいた行李を示す。まわりには衣類に混じって、早道と呼ばれる道中財布や為替、鞘の外された懐剣までが散らばっている。

男が手を伸ばすと、隠れている藪とは反対の方角で、犬が盛んに吠えた。

「ちっ、なんでえ、あの犬は。さっさとおっ払えって言ったろう」

「いくら払っても、また戻ってきちまうんで。棒で殴ろうにも、あっちのほうが素早くて」

後ろに控えた三人の、真ん中の男が応じる。どうやらブチも、清兵衛の荷をとり返さんと奮闘しているようだ。

「兄貴、こいつはやっぱり、違うんですかい？」

提灯持ちの男が屈み、丸い火影が下に落ちた。開かれた奉書《ほうしょ》を手にとって、中の紙片をつまみ上げる。

「ああ、そいつはただの古い書付《かきつけ》だ。おれたちの雇い主が探しているのは、杉の売り買いに関わるものだときいている」

(雇い主……杉の売り買い……)

気になることはいくつもあったが、いまは角助と三平太を助け出すのが先だ。

弥五郎が身ぶりで伝えると、つきあいの長い相棒は、すぐさま応じて場所を移した。

「いいか、何があってもここを動くな。決して声も出すなよ」

小助の両手を口に当てさせ、耳打ちする。口を押さえた小助が、不安げに仰ぎ見る。

「心配するな。兄ちゃんたちは、きっと助けてやる」

小助に請け合うと、音を立てぬよう気をつけながら、亀太とは逆向きに藪の中を進む。

「おら、さっさと吐け。こいつがどうなってもいいのか」

兄貴分の男が、三平太の襟首をつかんだ。三平太は声も出せず、ぼろぼろと涙をこぼす。

「もう、やめてくれよ……本当なんだ、旦那の荷は、本当にそれだけなんだ！」

角助が悲痛な声で叫んだとき、提灯の灯りが、ふいに消えた。

「どうした、風か？」

「いや、脇から何かがとんできて……」

兄貴分の声に、提灯持ちがうろたえぎみにこたえる。

弥五郎の投げた石が、提灯に命中したのだ。

間髪《かんはつ》を入れずに、控えていた三人の真ん中から、蟇蛙《ひきがえる》じみた声がする。

「ぐえ」

男の首に、背後から鎖が巻きついていた。くん、と鎖が引かれ、うまく喉が締まったようだ。男の膝がくだけ、そのからだがどっと倒れる。

「何だ！　どうしたんだ！」

まだ闇に目が慣れず、何が起きたかわからないようだ。倒れた男に目が逸れた隙に、子供たちがうずくまる大木の陰から、弥五郎がとび出した。こちらに背を向けていた提灯持ちの首筋に、刀の峰をたたきつける。相手は声もなく、顔から地面に突っ込んだ。

「だ、誰だ、てめえはっ！」

腰を浮かせた兄貴分の胸を、弥五郎が思いきり蹴りつけた。相手は見事にふっとんで、貧弱な木の幹に、背中をたたきつけられ動かなくなった。

「大丈夫か、おまえら。立てるか？」

角助と三平太の前に、膝をつく。

「あ、あ、兄さんか……？」

三平太と抱き合いながら、角助はそれ以上ものも言えないようだ。弥五郎が助け起こしたが、すぐにくたくたと座り込んだ。

「仕方ねえ。事が済むまで、この後ろに隠れてろ」

弥五郎が大木を示すと、ふたりは這うようにして、幹の後ろにまわり込んだ。

ぎゃっ、とまた悲鳴があがった。亀太がふたり目を片付けたようだ。だが得意の鎖鎌は、倒れた相手の腕に巻きついたままだ。

はずしている間に、三人目の男が刀を手にして突っ込んでゆく。

「亀太！」

腰の脇差を抜いて、亀太は辛うじてその刀を受けとめた。

弥五郎が駆けつけて、後ろから男の脇腹を一撃する。亀太を押しつぶすようにして、男が前のめりに倒れた。

「そっちは片付いたのか、旦那の荷は？」

気を失った男を弥五郎がどかし、腹の下にいた亀太が息をつく。

ああ、とこたえたとき、背後で気配が動いた。見ると、さっき蹴りとばした兄貴分が、目を覚ましていた。散らばった荷をかき集め、ふたつの行李の中に収めてかつぎ上げる。

そちらに踵を返したが、追いつく前に助っ人が現れた。

「ブチ！」

垂れ耳の大きな犬に、振り分け行李をかついだ腕をがぶりとやられ、男の喉から情けない悲鳴がもれる。

「お手柄だ、ブチ」

素早く男の退路をふさぎ弥五郎はほめたが、ブチは見向きもせず、地面に落ちたふたつの行李を鼻でつついている。

「兄さん、あんたには色々と、ききたいことがある」

亀太が引き据えた兄貴分の前に、弥五郎がひざまずいた。

「兄ちゃん！　三ちゃん！」

大木の陰からそろそろと這い出てきたふたりに、小助がとびついた。

「おまえたち、盗みは初めてじゃねえな」

旅籠に戻った弥五郎は、三人を座敷にならべた。

大人にとり入るやり口も、盗みの鮮《あざ》やかさも、場数をふんだ手慣れたものだ。弥五郎に問い詰められて、角助と三平太は、うなだれたままぽつりぽつりと白状し出した。

三人は抜参りをよそおって、街道沿いで盗みを重ねていた。もうふた月以上も、そんな暮らしを続けているという。

小助がもらしていたとおり、最初は父親を探すため、三人は江戸に出てきた。

「おれと三平太の父ちゃんが、一緒に出稼ぎに行ったきり、二年も帰って来ねえんだ。けど、毎年村に来る富山《とやま》の薬売りが、江戸で三平太の親父を見たと、そう言ったものだから」

角助と三平太は、連れ戻しに行こうとせがんだが、母親たちはとり合わなかった。

「おれひとりでも江戸に行くと決めて、角助にだけ打ち明けたんだ。そうしたら、一緒に行こうって言ってくれて」と、三平太はうつむいた。

小助がその頃、伊勢の夢を見たのは本当で、角助はその夢から抜参りを思いついた。抜参りなら、銭がなくても江戸まで行けるかもしれないし、万一、空手で帰ってきても咎《とが》められない。

「三平太の親父さんは江戸で見つけたと、小助からきいた。なのにどうして……」

「父ちゃんは、若い女と江戸で暮らしてた。村に戻るつもりはねえと、追い返された」

きゅっと三平太が、唇を嚙んだ。角助も、怒ったように眉をつり上げる。

「おれの親父も、女とよろしくやってるって、三平太の父ちゃんが言ったんだ。その半年前に江戸を出たけど、やっぱり女と一緒だって」

「そういうことか」

父親が好きに暮らしているのなら、おれたちも勝手をしてもいい筈だ――。

小助は泣きながら、そう語っていた。

「おまえたちは、この先も一生、護摩の灰を続けていくつもりなのか」

三人は、何も言わない。大きなお世話だと、年嵩《としかさ》のふたりの顔には書いてある。

「母ちゃんたちは、どうする。亭主に続いて子供まで失って、かわいそうだと思わないか」

「きっと父ちゃんを忘れたように、おれたちのことだってすぐに忘れるさ。探しに行かねえばかりか、もう父ちゃんの話をすることさえ嫌がるんだ」

女と逃げた父親。父を気持ちから閉め出した母。角助の目には、ふた親への不信がはっきりと浮いていた。

「それは違うぞ、角助」

弥五郎は、静かに言った。

「母ちゃんは、行きたくても行けなかった。女はな、村から出ちゃいけないんだ」

どういうことだ、と問うように、三人が弥五郎を仰ぐ。

「女はおまえらみたく、抜参りもできない。国境《くにざかい》で留められて、きっと厳しい罰を受ける」

江戸からの出女ばかりでなく、女を『留物』とする藩は多かった。女は領外へ出してはならない禁制の品々と、同じあつかいなのだ。

男は出稼ぎに行くものが多く、これを止めることはできないが、村人の逃散は避けなければならない。つまりは大名の妻子を江戸に留めおくのと同じに、百姓や漁師の女房と娘は、藩の人質となっていた。

「待つしかできない己が情けなくて、だから親父さんのことを口にしなかった。きっといちばん辛かったのは、母ちゃんたちだと思うぞ」

小助の顔がくしゃりとゆがんだ。

「母ちゃん……どうしてるかな……」

ぽつりともらし、小助がおいおいと泣き出した。

「おれ、母ちゃんに会いてえ。母ちゃんに会いてえよぉ……」

横のふたりが釣られたように、てんでに鼻をすりあげた。

「これを持って、一刻も早く村へ帰りなさい」

ずっしりと重い巾着袋を、清兵衛は角助の手にのせた。中身は五両に相当する小粒銀や銭だった。清兵衛に頼まれて、弥五郎が今朝、両替屋に走って用意したものだ。

「おれたち、旦那さんにひでえことしちまったのに……」

「おまえたちにじゃない。おまえたちの母親への見舞金だ」

清兵衛は、にこりともしない。角助はためらっていたが、弥五郎がうなずくと、礼を言って巾着を受けとった。三平太や小助も、清兵衛に何度も頭を下げる。

「これも持ってお行きなさい。道中、気をつけてね」

お千代は旅籠の板場につくらせた握り飯の風呂敷を、三平太にわたした。

「旦那もお嬢さんも、お人好しが過ぎますね。連中を役人に引きわたさないばかりか、金や食い物まで持たせて送り返してやるとは」

遠ざかる子供たちに手をふりながら、弥五郎がのんびりと言った。

「わざわざお涙ちょうだいの口ぶりで、手代頭にあの三人の身の上を語らせたのは、誰かさんだろう」と、清兵衛がやり返す。

「荷の方はどうです。中身はそろっていましたか?」

「行李も中のものも埃《ほこり》だらけでしたけど、すべて間違いなく戻ってきたと、父がたしかめました」と、お千代が笑う。

ブチは清兵衛の荷を放そうとせず、ふたつの行李を繋いだ紐をくわえて、旅籠まで引きずって行った。おかげで中をあらためることはおろか、お千代が来てくれるまで、行李に手をかけることさえできなかった。

「旦那の仰っていた大事なものとは、あの古い書付ですか?」

「……あれを、読んだのか?」

「すみません。あれだけは、行李からはみ出していたもので」

賊が行李を持ち去ろうとしたときに、あわててとりこぼしたのだろう。奉書に包まれていた書き物を、弥五郎は拾い上げた。

「懐刀と書付が、どうしてそんなに大事なのか、やっとわかりました」

清兵衛は顔をしかめ、弥五郎の詮索《せんさく》をうるさそうに払う。

「そんなことよりも、子供たちを使って、私の荷を狙った者の正体はわかったのか？」

「盗ませた連中は、この辺り一帯を牛耳《ぎゅうじ》る地回りやくざでした」

さる武家から、五十両で頼まれた。口を割らせた兄貴分は、そうこたえた。

清兵衛の荷を奪い、その中から杉商いに関わるものを持ってこい。侍はそう指示したそうだが、そんなものはどこにもなかったと、男は忌々《いまいま》しそうに告げた。

「侍の正体はわかりませんが、一家の親分は別れ際、『ニシキドさまによろしく』と、侍に言っていたそうです」

「何だと！」

清兵衛が、平手でたたかれたような顔をした。傍らのお千代も、呆然としている。

「おふたりは、心当りがあるんですか？」

「大和砥野藩の江戸家老は、錦戸綱右衛門《にしきどつなえもん》さまと仰って……」

「千代、やめなさい。滅多なことを言うものではない」

「でも錦戸さまは、昔おとっつぁんと同じお役目にいた方で、たいそう仲が悪かったと番頭さんからそうきいて……」

清兵衛ににらまれて、お千代が口をつぐむ。

「弥五郎さん、造作をかけてすまなかったな。私は少し、宿で休ませてもらうよ」

清兵衛は疲れた顔で言って、旅籠の中へはいっていった。昨夜の騒ぎで、蛙講の皆はろくに眠っていない。出立は一日延ばしにして、今日は浜松宿でのんびりすることになった。

心配の抜けぬようすのお千代に、弥五郎は声をかけた。

「お千代さんも、どうぞ休んできてください。布団部屋に押し込めて、難儀をさせちまいましたから」

手代頭の春日惣七は、この浜松宿だけでも馴染みの旅籠の三つ四つはある。清兵衛親子を裏口から抜けさせて、別の旅籠に移すよう、弥五郎は頼んでおいた。過ぎるほど気のまわる惣七は、宿を移したばかりか、賊の目を欺《あざむ》かんと布団部屋に親子を隠した。

「父とふたりきりなんて、子供のとき以来で……ひどく戸惑《とまど》いましたけど」

お千代の口許が、ようやくほころんだ。

「父の方がもっと困っていたみたいで。話の種がなかったんでしょうね、昨日の夕餉の席で、弥五郎さんと何を話していたのかって、きくんですよ」

お千代はころころと笑っているが、弥五郎は総毛立った。

「旦那の納得のいくように、こたえてくださいましたよね？」

「内緒です、とこたえました。父も私に、何も明かしてくれないから、お返しです」

昨晩の不機嫌そうな清兵衛が頭に浮かび、弥五郎はぶるりとひとつ身震いした。

第四話　桑名《くわな》

舳先《へさき》の向こうに大鳥居を認めると、船中からどよめくような歓声があがった。

「あれが伊勢神宮の、一の鳥居でございます」

手代頭の春日惣七が、誇らしげに告げた。

「ここから先は伊勢の国。皆さん、よう無事にお着きになられました。お伊勢さんまでは、あとひと踏んばりでっせ」

「それもこれも、伊勢御師が何かと目配りしてくれたおかげだよ。ふたりには、本当に世話になった。蛙講の預かり人として、お礼を言わせてもらいますよ」

この伊勢講の世話役をつとめる蛙屋徳右衛門は、手代頭と弥五郎に、福々しい笑顔を向けた。

「旦那、お礼はまだ早過ぎます。あっしらの仕事は、ここから先が正念場です」

「そのとおりでおます。弥五はんも、しっかり気張っておくれやす」

「わかってますよ。伊勢でのもてなしが、御師の本当のお役目でしたね」

旅立つ前の説教を思い出し、弥五郎が苦笑いする。

「その了見は、ちぃと外れとりますな」

穏やかな笑顔は同じだが、目だけはひどく真面目な色をたたえている。

「ほんまに大事なんは、お客はんの心持ちや。おもてなしは、そのとっかかりに過ぎん、いわば礼儀作法みたいなもんやな」

「心持ち……？」

「そうです。伊勢に詣でる皆さんに、来てよかったと心の底から満足いただく。それができて初めて、御師の役目をまっとうすることになるんですわ」

「心の底からの満足……」

惣七のことばを、嚙みくだくように弥五郎がくり返す。

「気ぃの遣いどころは、人によってさまざまや。ご祈禱や膳の世話ばかりが、お役目と思うていてはあきまへん」

言いながら、惣七はちらりと舳先の側に目をやった。視線の先には、腕を組んだ巽屋清兵衛の姿があった。景色を楽しんでいるというよりは、まるで前方の鳥居に挑むような、その背中には厳しさがただよっていた。

「あちらさんは、まだ弥五はんには荷が重いやろ。おいおい考えなはれ。まずはそちらさんのお世話を頼みます」

惣七は、中ほどの船縁《ふなべり》を示した。積まれた船荷の陰に、うずくまる姿があった。

江戸から数えて四十一宿目の宮《みや》と、次の桑名《くわな》のあいだには『七里《しちり》の渡し』がある。宮の湊には常に、四十人乗りの船が七十四艘おかれ、五十四文で旅人を桑名へはこぶ。

桑名の船着き場では、伊勢の国の入口を示す大鳥居が迎えてくれ、伊勢参りの旅の醍醐味のひとつともなっていた。

いつもは船を嫌う女たちも、この渡しばかりはよく利用するのだが、あいにくと干《かん》潮《ちょう》に当たったために、沖合をまわった分、半刻ほど長くかかってしまった。

「大丈夫ですか、お世さん」

弥五郎は、船縁に張りついているお世に声をかけた。弥五郎を仰いだ白い顔には、冷や汗が浮いている。水の入った竹筒をさし出したが、お世はもの憂げに首を横にふった。

蛙屋の内儀もやはり加減は悪そうで、講の女たちの中では、お千代ひとりがぴんぴんしている。

「もうすぐ湊入りですから、辛抱してください」

「そうだね……あの鳥居を見てほっとするなんて、夢にも思ってなかったよ」

「そういえば、お世さんは、この辺りの出でしたね。たしか四日市の近くとか」

四日市は、桑名の次に控える大きな宿場だった。四日市の先には日永《ひなが》の追分《おいわけ》があり、東海道と伊勢参宮道を分けている。

四日市から北に向かった山村に、実家《さと》があるとお世は告げた。

「しがない水呑み百姓で、嫌になるほど貧しかった。いい思い出なんてひとつもないよ」

「でも、おっかさんに、会いに行きなさるんでしょう？」

伊勢詣を済ませたら、お世は長患《ながわずら》いの母親を見舞いに行くことになっている。

お世を囲う料理茶屋の旦那は、この愛妾《あいしょう》を一時でも手放すことに難色を示していたが、母親を見舞いたいというお世のたっての願いをきき入れて、渋々ながら承知したのだった。

「おっかさんもきっと、首を長くしてお世さんを待ってますよ」

白い富士額の下で、眉間《みけん》にきゅっと皺が寄った。

「そう……だね……」

弥五郎からも鳥居からも顔をそむけ、お世は大海原を見やる。弥五郎は首をかしげた。

婀娜っぽいしぐさで陽気に軽口をたたく。いつものお世と様変わりして見えるのは、船酔いのせいばかりではなさそうだ。

「あの鳥居を忌々《いまいま》しく思うのは、おれだけじゃねえってことか」

お世から離れて、そう独《ひと》り言《ご》ち、弥五郎は一の鳥居をにらみつけた。


「なんだい、今夜の膳はしけてやがるな」

夕餉の席についたとたん、亀太はあからさまに文句をこぼした。

海に近いというのに刺身もなく、どれもありきたりな煮物ばかりで品数も少ない。構えだけは大きいが、立派な造作は表だけで、中にはいると畳や襖《ふすま》も古びていた。

「惣さんの目利きが外れるなんて、めずらしいな」

亀太を横目に、弥五郎は手代頭にこそりと言った。

宿の手配りは、すべて惣七がつけている。名うての御師だけあって、これまではどこも行き届いたもてなしを受けられる宿ばかりだった。

「こげなしょうもない旅籠を、わてがえらぶ筈あらしまへんわ」

いかにも情けなさそうに、惣七がため息をつく。

「お世さんが、えらくしつこく勧めるもんやから、蛙屋はんが承知しなすったんや」

「どうして、お世さんが」

「お世さんの旦那が、よう使うてはる宿とかで。しわい旦那の常宿だけあって、値もそれなりに安うおますけど、どうやら理由《わけ》はもうひとつありそうやな」

と、惣七は、じろりと座敷内を見わたした。

ことさら部屋がせまく見えるのは、客に侍《はべ》る飯盛女の数が多いからだ。

大方の旅籠は、男の相手をさせる遊女を囲っている。客に給仕をさせるという名目から、飯盛女と呼ばれているが、公儀が目こぼししている裏には、宿場財政の逼迫《ひっぱく》があった。

幕府や諸藩のための、いわゆる御用旅は、大名行列を除けばほとんどが無賃の旅人だ。馬や駕籠、旅籠の掛かりはいっさい、各々の宿場が負担することになる。当然、採算がとれるわけもなく、この赤字を埋めているのが、飯盛女という名の女郎たちだった。

「見てみなはれ、巽屋の旦はんなぞ、白砂糖みたいな有様ですわ。やはり金のにおい言うんは、隠しておけんもんですなあ」

惣七の視線の先には、巽屋清兵衛の姿があった。まわりには女たちが蟻《あり》のごとく群《むら》がっており、おそらく当惑しているのだろう、常よりいっそう仏頂面に磨《みが》きがかかっている。

さすがに見かねて、娘のお千代が父親に張りついているが、派手な着物の塊《かたまり》は、少しも崩れそうにない。蛙講には女も混じっているために、これまでは惣七の配慮もあって、こうまであからさまな客引きにはお目にかかれなかった。

「お注ぎして、よろしいですか」

気がつくと、弥五郎と亀太のあいだにも、女がひとり控えていた。

秀《ひい》でた器量ではないが、どこか気だるい風情に色気がある。すかさず遣手婆《やりてばば》めいた年嵩の女が、猫なで声で弥五郎にすり寄ってきた。

「お客さん、どうです？　お冬《ふゆ》というんですが、いい子でしょう？　ひと晩遊んで、たったの五百文ですよ」

「あの、でも……今日は加減が悪くて」

お冬と呼ばれた女の、呟くような抗いを、遣手がひとにらみで押さえつける。

「いや、おれは……」

「おれが相手してやるよ。こういう儚《はかな》げな女は、好みなんだ」

弥五郎の断りを、横合いから亀太がさらう。

「おい、亀……」

「ひと晩くらい、いいじゃねえか。飯がこの始末なんだ、ひとつくらい桑名でいい思いをしても、罰は当たらねえ筈だ」

巽屋清兵衛の用心棒たるふたりは、この手の遊びにはまったく縁遠い旅をしてきた。他の男連中が、御油宿でいい思いをしてきた後だけに、ますます鬱憤が溜まっているのだろう。亀太はいつになく強引に言い張った。

「駄目だ。この女はおれが買う。おまえは旦那の守《も》りをしていろ」

「そいつはねえや。ひでえぞ、弥五」

「じゃあ、お客さん、後でこの子を座敷にやりますから」

ほくほく顔の遣手が、お冬とともに離れていくと、たちまち亀太が噛みついた。

「今日という今日は我慢ならねえ。てめえばかりがいい目を見て、こっちはお預けかよ！」

「わざわざ助け舟を出してやったんだ。少しはありがたく思え」

「助け舟だと？　どういうことだい」

「あの女、鳥屋《とや》についてやがる。熱もあるみてえだし、首筋にまで赤いぶつぶつが浮いていた」

　色を売る場所では、瘡毒《そうどく》はめずらしくない。この病を拾うことを、遊郭《ゆうかく》などでは「鳥屋につく」といった。毛髪の抜け落ちるさまが、羽毛の生え変わる時期に、鳥屋にこもってじっとしている鷹《たか》に似ているためだ。

「おまえもわざわざ、病を拾いたくはねえだろう？」

　女の前で口にするのもはばかられ、仕方なくさっきの始末となった。

「へん、遊女《あそびめ》も客も、鳥屋についてこそ一人前だ。病が怖くて女が抱けるか」

「鼻がもげてもいいなら、好きにしろ」

　さすがに亀太が、だまり込んだ。

「けどよ、あの女、買っちまったんだろ。どうするつもりだ？」

「脇の小座敷で休ませるさ。相当、加減が悪そうだったからな。おまえが色気づいたせいで、余計な節介をする羽目になった」

「そいつはおやさしいこって。だがな、つけは案外高そうだぞ」

　亀太が上座に向かって、顎をしゃくった。お千代の目が、じっとりと弥五郎に注がれている。弥五郎が思わず腰を浮かせると、ぷい、と顔を真横に向けた。

　その隣の清兵衛は、娘と弥五郎の間柄に、ことさら目を光らせている。

ふたりのようすをながめ、清兵衛は一瞬だが、たしかににんまりと笑った。

「どっちの濡れ衣も、厄介には変わりがねえな」

げんなりと、弥五郎は肩を落とした。


弥五郎の背中の襖があいたのは、それからまもなくのことだった。

「あのう、本所相生町からいらした、蛙講の皆さんのお座敷はこちらでしょうか？」

お店者らしき若い男が、廊下に膝をついていた。

色の白い優男だが、口許は生真面目そうに結ばれている。

「さようですが、何か？」と、弥五郎が応じる。

「私は浅草の料理茶屋、『喜楽《きらく》』の手代で、糸次《いとじ》と申します。こちらに、私どもの主人がお世話をしております、お世さんという方が……」

「糸さんじゃないか！」

素っ頓狂な声がして、奥にいたお世が目を丸くする。

「お久しぶりでございます。お達者そうで、何よりです」

手代はほっとしたように息をついたが、お世は露骨《ろこつ》に嫌な顔をした。

「いったい、何だってこんなところに……まさか、わざわざ伊勢まで、お目付けに来たわけじゃなかろうね」

　手代の前にやってきて、詰問調の嫌味を吐く。船酔いがまだ尾を引いているらしく、ことさら機嫌も悪そうだ。

「いえ、決してそのようなことは……。私はおかみさんから頼まれて、お世さんをお迎えにあがりました」

「おかみさんが、あたしを？　いったい、どういうことだい」

　これにはお世も、きょとんとする。

「実は旦那さまが、大怪我を負われまして」

「何だって！」

　お世が、さすがに顔色を変える。

うろたえたのはお世ばかりでなく、世話人の蛙屋徳右衛門の恵比寿顔も、たちまち憂いを深くした。喜楽の主人、亥兵衛《いへえ》とは長いつきあいで、だからこそ主人は徳右衛門を信じて、お世を頼んだのだった。

　徳右衛門は、ひとまずお世とともに部屋の隅に座を移し、糸次から話をきくことにした。手代頭の言いつけで、弥五郎も後ろに控えている。

「で、どうなんだい。旦那の怪我の具合は？」徳右衛門は、まずそうたずねた。

「私もおかみさんからの便りでしか仔細を知りませんが、背中と腰を痛めたそうで、たいそうお悪いとのことです」

喜楽はちょうど改築の真っ最中で、屋根の普請《ふしん》をたしかめようと、足場に上ったところで主人は足を滑らせたという。

糸次はその頃、京にいた。喜楽の本店は京にあり、長兄が継いでいる。亥兵衛は先代の三番目の倅で、江戸浅草の出店を任されていた。

「私は京の本店で、新しい料理を仕入れておりました。喜楽は京料理の店ですが、そのままでは江戸のお客さまの、お口に合わないことがございます。京の料理を江戸風に工夫するのが私の役目です」

糸次はもとは板前だったが、目端《めはし》のきく才を買われて、四年前から亥兵衛の右腕として働いていた。京の本店とは年に二度ほど行き来して、また、お世のもとにもよく使いに出されていた。

「京の本店に、便りが届いたのが四日前です。今頃ちょうどお世さんは、伊勢かその手前あたりにいるだろうから、私が立ち寄って、一緒に江戸にお連れするようにと」

内儀の文の内容を、糸次はそう告げた。

「旦那さんはひどく気弱になっていて、床の中でしきりにお世さんの名を呼んでいるそうです」

「亥兵衛さんは、お世さんにぞっこんだからねえ、無理もないが」

徳右衛門は納得しているようだが、お世はとまどった顔をする。

「だからと言って……おかみさんがあたしみたいな女を、旦那のもとに呼ぶなんて」

「あそこのおかみさんは、しっかりものだからね。あんたのことも、悋気《りんき》をほどほどにして、ちゃんと承知している。十分、うなずける話さね」

「この桑名の宿なら会えるかもしれない。旦那さんからそうきいたと、おかみさんの文にありまして……二日待ってみた甲斐がありました」

今夜も駄目なら伊勢へ行き、八嶋太夫の御師宿を訪ねてみるつもりでいたようだ。

「明日の朝、私と一緒にお戻りください。馬や駕籠を使えば、七日ほどで江戸に……」

「あたしはご免だね」

けんもほろろに、お世が突っぱねる。

「ここまで来ながら、お伊勢さまを拝みもせずに、江戸へとんぼ返りなんて冗談じゃない」

「そんな薄情を言うもんじゃないよ、お世さん」

「いくら蛙屋の旦那の頼みでも、これぱかりはきけませんよ。何より、肝心のおっかさんの見舞いだって、まだ済ませてないんですよ」

「このとおりです、お世さん。どうか私と一緒に、江戸へお戻りくださいまし」

お世はさんざんごねたが、糸次に泣きつかれ、徳右衛門には長々と諭《さと》される。とうとう根負けしたのだろう、まるで口のゆるんだ油桶のごとく、不満をたらたらとこぼしながらも、ようやく承知した。

「じゃあ、明日の朝、よろしくお願いいたします」

やがて糸次は暇を告げたが、襖をあけて、ぎょっとしたように動きを止めた。

廊下に影のように膝をついているのは、先ほどのお冬という名の飯盛女だった。気づいた弥五郎が、腰を浮かせた。

「ああ、あんたか」

「あの、そろそろお開きの頃合かと……」

すでに遅い刻限となっている。さっさと片付けたい宿側が、お冬に使いを頼んだようだ。

徳右衛門が、愛想笑いで応じた。

「ちょいと仔細ができてね。すまないが、もう少しかかりそうなんだ」

お世は座の中ほどで、講の者たちと別れを惜しんでいる。

徳右衛門が宿への心付けを握らせると、お冬は小さくうなずいた。

「糸次さん、まだ何か？」

いまだに傍らで固まったままの手代に、弥五郎は声をかけた。

「い、いえ、何も……では、私はこれで」

ひどくうろたえぎみに視線を泳がせながら、手代はそそくさと座敷を出ていった。


「すまないな、酒を過ごしちまって、今夜は遠慮させてくれ」

お冬にはその方便で、ひと晩この座敷で休んでくれと、弥五郎は言いわたした。

長い宴は、少し前にようやく終わった。お千代は結局、最後まで弥五郎と目を合わせようとせず、明日はどう取り繕うか、頭の痛い思案をしながら財布を出した。

「金は払うから、心配するな」

遣手が言った額に色をつけ、ついでの詫び料代わりにと、宮の湊で求めて食べずじまいだった饅頭と一緒にわたすと、お冬はひどく驚いた顔をした。

「宿の者には黙っておくから、気兼ねせずにゆっくり休みな」

手の上の饅頭と銭をながめていたお冬の目から、つうっとひとすじ涙がこぼれた。

「……ありがとう、ございます」

「なにも泣くほどのことは」と、逆に弥五郎がおろおろする。

「すみません……でも、生国にいたときもここに来てからも、いい目を見ることなぞあまりなくて、たまの親切がことさら身にしみて……」

困った顔で、弥五郎が手拭をさし出すと、お冬はさらに涙をこぼした。

そのまま部屋を出るのもためらわれ、仕方なくお冬の前に腰を据えた。

「おまえさん、生国はどこだい」

黙っているのも気詰まりで、弥五郎は世間話のつもりでたずねた。

「信州《しんしゅう》です」

「ずいぶんと遠いな」

「ふた親との旅の途中で食い詰めて、この桑名で売られたんです」

十二の歳のことだと、お冬は言った。

二年続けて鉄砲水《てっぽうみず》にやられ、年貢どころか飢《う》えさえ凌《しの》げなくなった。一家で村を抜けたが、桑名まできて路銀に詰まり、親はたった一両でお冬を売った。

「ひでえ話だな」

「よくあることです。ここにいる者たちは皆同じです。家のため、親のためには仕方ありません」

「家のためってのが、おれは何より嫌いだがな」

吐き捨てるように言って、弥五郎は調子を変えた。

「十二のときの前金が一両なのに、まだ年季が明けないのか？」

お冬はどう見ても、二十歳を越えている。借金がたった一両なら、とっくに返し終えてもおかしくはない。

「ここに来て十一年になりますけど、借金は逆に二十両以上にふくらんで……」

「二十両だと！　何だってそんなことに」

あまりに法外な増えように、弥五郎は目をむいた。

客の前で装うための着物や簪などは、すべて遊女の借金になる。廓《くるわ》などではよくきく話で、弥五郎も知ってはいたが、吉原《よしわら》なぞとくらべれば、飯盛女の身なりはずっと貧しい。

「借金が増えたのは、住み替えのためです」

お冬は静かに告げた。住み替えとは、抱主《かかえぬし》が遊女を別の宿に売ることで、売られた金高は、そっくり遊女の借金となる。お冬は三度も住み替えをさせられて、十一年も経ったいまでも、とんでもない額の借金を抱え続けていた。病を得ても寝つくことさえ許されず、客を取らされているという。

「ほんとに、ひでえ話だ……」

弥五郎には、それしか言えなかった。悲惨きわまりないお冬の身の上も、世間ではごく当り前の、よくある話だった。助ける術など、どこにもないのだ。

いかにも辛そうに弥五郎がうつむくと、お冬は急にもじもじし出した。

「あの、でも……あたし、もしかしたら、身請《みう》けしてもらえるかもしれません」

「本当か？」

弥五郎が、ぱっと顔を上げる。そこまで口にするつもりはなかったのだろう、お冬は逆に、しまったと言いたげな表情をした。

「身請け人は、どんな奴だ？　あんたを大事にしてくれそうか？」

お冬は困った顔のまま、こくんと小さく首をふった。

「その人、信州にいた頃の幼なじみで、あたしの従兄《いとこ》に当たるんです」

二年ほど前、偶然この宿に泊まり、再会したとお冬は語った。

「去年の秋から、あたしが具合を悪くして、たいそう案じてくれました。ようやくお金の目処《めど》が立ったから、近々身請けしてくれるって……」

「そうかあ、良かったな。いままで苦労した分、うんと幸せにしてもらいな」

手放しで喜んで、弥五郎は急に軽くなった腰を上げた。暇を告げて行こうとすると、

「お客さん、すみません……本当に、すみません」

お冬はいく度も頭を下げた。そのときは、単なる礼だと思っていた。

それが詫び言だと知ったのは、翌日になってからだ。

寝間へ戻ると、すごい形相の亀太が、弥五郎を待っていた。

「てめえ、やっぱり、あの女とヤッてきやがったな」

「下品な野郎だな。何もしてねえよ」

「何もなくて、こんなに長くかかる筈がねえだろうが。おい、こら、白状しやがれ」

亀太の文句を片手で払い、弥五郎は頭から夜着をかぶった。

翌朝、宿の前でひとしきり別れを惜しみ、お世と糸次、蛙講の面々は、東と西にそれぞれ分かれて桑名宿を旅立った。

「やっぱり桑名と言えば、焼き蛤《はまぐり》だよな」

蛤は桑名の名物だが、宿場を出た先にある、小向《おぶけ》や東富田《ひがしとみだ》の立場がその本場だった。

一行は東富田でひと休みすることにして、茶店に席をとった。あちらこちらで蛤を焼く、松かさの煙が上がっている。

焼き上がりを待ちながら、蛤を佃煮《つくだに》にした時雨煮《しぐれに》を味わっていたが、まもなく弥五郎が、あれ、と声をあげた。

「あの、お千代さん……」

「何ですか？」

真正面にいながら、ずっと避けられていた視線が、きっ、と弥五郎をにらみつける。言おうとしたことを思わずのみ込んで、弥五郎は肩をすぼめた。

「そのう、昨日のことですが……あっしは何も」

「ええ、亀太さんからききましたよ。昨日の夜は、ずいぶんとお楽しみだったようですね」

娘のあけすけな言いように、隣で父親の清兵衛が、ごほんごほんと咳払いをくり返す。

どうやら亀太が腹いせに、余計なことを吹き込んだようだ。それ以上、言い訳すら思いつかず、弥五郎はできるだけ障《さわ》りのないよう、気がかりだけを告げた。

「お千代さん、その、何か今日は、おかしくありませんか？」

「あたしの顔が、そんなにおかしいですか」

「いや、顔じゃなくて、頭が……」

「あたしの頭が、おかしいですって！」

お千代が真っ赤な顔で、縁台から立ち上がった。あまりの剣幕に、講の者たちがいっせいにふり返る。

目の前に仁王立ちするお千代に、弥五郎は半ばのけぞりながら必死で言った。

「そうじゃなく、櫛《くし》です。いつも頭にのせている櫛がないから、妙に思えて……」

え、とお千代が我に返り、弾かれたように髪に手をやった。

「いやだ、私ったら。今朝、挿し忘れたんだわ」と、たちまちおろおろしはじめる。

念のため荷の中もあらためてみたが、やはり櫛はどこにもなかった。

「あたし、宿に戻ります」

「よしなさい。どうせ安物の品だ。四日市に着けば、もっと良いものを買ってやる」

清兵衛が、娘を押し止《とど》めた。

「あれは、あたしにとって、何より大事なものなんです！」

叫んだお千代の瞳は、涙で潤《うる》んでいた。

「あの櫛は、おとっつぁんがあたしに買ってくれた、たったひとつのものです。初めてつぶし島田に結ったとき、大人になったお祝いだからと、おとっつぁんが……」

清兵衛がはっとなり、気まずそうに膝に目を落とした。

「そう、だったな。おまえにも母さんにも、私は何もしてやらなかった。辛抱だの我慢だの、そればかり押しつけて……。おまえもさぞ不自由な思いを……」

「いいえ、おとっつぁん、それを辛いと思ったことなぞ、一度もありません」

「千代……」

「いつだって己や家を顧《かえり》みず、ただ懸命に商いに打ち込むおとっつぁんが、あたしは何より誇らしかった」

父親を見上げるお千代には、照れも迷いもない。

まっすぐなその美しさは、思いがけず弥五郎の胸に深く届いた。

「だからいっそう、あの櫛にはおとっつぁんの気持ちがこもっているように思えて……」

「お千代さん、おれが行きます」

「弥五郎さん」

「おれなら、ひとっ走りで済みます。旦那と一緒に、待っていてください」

「ありがとう……ありがとうございます」

お千代の目からは、さっきまでの疑念や怒りの色は失せていた。

何よりそれにほっとして、弥五郎は亀太と惣七に後を頼んだ。己がいないあいだ、清兵衛の傍を離れないよう、まず亀太に釘をさす。

「後は惣さんにお任せします」

「伊勢の国へはいれば、ここはわての庭や。万一、弥五はんの戻りが遅うなっても、代わりの用心棒くらいすぐに集めてみせますわ」

この伊勢では、誰より頼りになるのはこの惣七だった。

桑名までは、弥五郎にとってはたいした道程《みちのり》ではなかった。

今朝立ったばかりの旅籠が、宿場の中ほどに見えてきたが、往来の向こうに、よく見知った姿がある。仰天して、弥五郎が叫んだ。

「お世さん！　お世さんじゃないですか」

「弥五さん……」

旅籠を通り越して、お世に駆け寄る。

「まだ、こんなところにいたんですか。もしやお世さんも、忘れものですかい？」

帰りたくないと、また駄々をこねたのだろうか。そんな思案も胸をかすめたが、お世はあわてた調子で弥五郎に訴えた。

「糸さんが……糸さんが、戻ってこないんだよ！」

今朝、宿を出て、最初の茶店で別れてから、いくら待っても帰らないという。

昨日さんざん、船酔いに苦しめられたばかりだ。お世たちは船を避け、東海道を北に迂回する、佐屋街道《さやかいどう》の道をとった。

「その茶店で両替を忘れたことに気がついて、糸さんだけ桑名までひき返したんだ」

長いこと待ってみたが糸次は現れず、何かあったに違いないと、お世はひどく案じていた。ひとまず茶店に言伝《ことづて》をたのみ、桑名まで戻ってみたと仔細を語る。

「わかりました。とりあえず、両替屋を当たってみます。手形を金に替えたのなら、店や旦那の名を出せば、わかるかもしれません」

近くの茶店にお世を待たせ、弥五郎は駆け出した。

惣七からきいて、主だった両替屋は押さえてある。幸い、二軒目で当たりを引いた。

「二十五両、たしかに金に替えたんだな」

船着き場の鳥居に近い、両替屋の手代は、喜楽の手形を手にうなずいた。

「どこに行くとか、何か言い残してなかったか」

手代は首を横にふったが、外で話をきいていたらしい男が口をはさんだ。三人ばかりがたむろしており、そのうちのひとりが言った。

「あの実入りのいい客なら、船に乗ったのかもしれねえぜ」

「何だと」

「店を出しなに、きかれたんだ。宮までの船は、何刻くらいまであるかって」

目つきと風体はあまりよくないが、どうやらここに出入りしている人足《にんそく》らしい。

人足に礼を言い、船着き場に足をはこんだが、船は出た後らしく閑散としている。

「ひょっとすると、あの手代……騙《かた》りを働いたのか」

走りながら独り言ち、お世の待つ茶店へととって返す。

途中で、昨晩の旅籠が目にとまった。

「先にこっちを片付けるか」

幸いお千代の櫛は、掃除をした女中が見つけ、帳場に届けられていた。

梅の花が三つ彫《ほ》られただけの、粗末な木の櫛だった。裏店住まいのかみさんが挿すような代物だから、わざわざ取りに戻るとはと、女中はかえってびっくりしていた。

ほっとして櫛を手にとると、なめらかな木の肌ざわりに、掌《てのひら》がほんのりと温もってくる。弥五郎は、櫛の表をそっと撫でた。

「まさか、あのお冬が、身請けされるなんてね」

覚えのある耳障りな声に、弥五郎は我に返った。ふたりの女が、階段を降りながら声高に話している。ひとりは昨晩、お冬を勧めていた遣手風の年配の女だ。

「しかも切餅《きりもち》ひとつ、二十五両をぽんと出すなんて恐れ入るよ」

「二十五両だと！」

金高に驚いて、階段下で女たちをつかまえる。

「お冬って、昨日おれのところに寄越した女だろ？　身請けしたというのは誰だ。もしやここに泊まっていた、料理茶屋の手代じゃねえのか！」

雨あられのように降る詰問に、とまどっていた遣手は、やがてうすら笑いを浮かべた。

「お客さんも、そんなにあの娘が気に入っていたんですか？　でも、残念でしたねえ」

遣手の勘違いにはかまわずに、弥五郎は仔細をたずねた。

やはりお冬を身請けしたのは、糸次だった。

糸次は蛙講の到着を待って、ここに二泊していたが、それより前から何度もこの旅籠に泊まり、そのたびにお冬を座敷に呼んでいたという。

「年に四度、必ず来てましたよ」

江戸と京のあいだを往復するから、桑名には二度、立ち寄ることになる。なじみになっていたのかと歯嚙みして、弥五郎はふと、お冬の話を思い出した。

「あの男が初めて現れたのは、二年ほど前じゃねえか？」

「言われてみれば、たしかにその頃でしたね」遣手女がうなずいた。

身請けしてくれる、お冬の幼なじみの従兄とは、糸次のことだ。

そう合点して、同時に去りぎわのお冬の台詞にも得心がいった。

お客さん、すみません……本当に、すみません――。

糸次や徳右衛門がお世を説き伏せていたとき、お冬は廊下に控えていた。己を身請けするために、糸次が騙りを働くことを、おそらく知っていたのだろう。

旅籠の主人にも話をきいて、間違いないとわかると、弥五郎はいく分重くなった足を、お世の待つ茶店へ向けた。

「糸さんが、あたしを騙したあ？」

声をひっくり返してそう叫び、それからお世はけらけらと笑い出した。

「まさか、あの糸さんに限って。真面目に目鼻をつけたような、つまんないくらいの堅物だよ。それがよりにもよって、女を身請けだなんて……」

「本当なんです。宿の主人にもたしかめてきました」

お冬の借金は、実は二十二両だった。

今朝立ったばかりの客が、昼を待たずに戻ってきて、突然身請けを願い出たのだ。いくら金を見せられても、何がしかの危うさを感じて、せめて明日にしてもらえまいかと主人は言った。それならと、糸次は三両を上乗せし、切餅ひとつを丸ごと突き出して、主人を無理やり承知させたという。

「まるで夜逃げでもするような慌ただしさで。何だか女をひとり、さらわれたような心持ちですよ」

宿の主人は、半ば呆れながらそう告げた。

話の途中から、だんだんとお世の顔から色が抜けていく。

「おそらくあのふたりは、同じ村にいた従兄妹《いとこ》同士で……お世さん、大丈夫ですかい？」

懸命に説いていた弥五郎は、お世のようすがおかしいことに、ようやく気がついた。口許を手で押さえ、苦しそうに肩で息をしている。

「そんな筈、ない……」

「けれど、あの男はたしかに……」

「糸さんがあたしを裏切るなんて、そんなことありっこない！」

通りかかった茶汲女《ちゃくみおんな》が、声に驚いてふり向いた。

「お世さん……？」

「だって糸さんは……あたしと逃げてくれるって、そう約束したのに！」

前のめるように、お世は袂に顔を埋めた。

「お世さん、あんた、まさか……」

他人の修羅場ほど、面白いものはない。気づけば客も茶汲女も、興味深げにこちらを見ている。弥五郎は舌打ちし、お世を連れて外に出た。

人目を避けて街道の裏へまわり、お世をかばうように歩いていると、一の鳥居が見えた。

船着き場が見通せるところに小さな松林があり、弥五郎はその根方に、お世を座らせた。

「お世さんがあの手代と、駆け落ちするつもりだったとは」

隣にならんで腰を降ろすと、弥五郎はひとり言のように呟いた。

弥五郎の横で、お世はぼんやりしている。涙はすでに止まっていたが、大事な何かがそっくり抜けてしまったような、その姿はひどく頼りなかった。

「伊勢参りは、そのための方便ですか？」

旅のあいだ中、不思議に思っていたことがひとつある。

旦那の悪口をさんざん言い立てながらも、お世の身持ちは固かった。ずっと清兵衛に張りつきながら、秋波《しゅうは》を送るような真似もしなかった。あれはたぶん、男よけのためだ。

お世のような色っぽい女が傍にいれば、たいがいの男は邪《よこしま》な気を起こす。謹厳な清兵衛なら大丈夫だと、お世は見きわめていたのだろう。

「初めから手代と会う心積もりで、だから旅のあいだ身を慎んでいた。そういうことですかい？」

弥五郎の推量に、お世はかくりと首を折るようにうなずいた。

「おっかさんの見舞いは？」

「あれも嘘だよ。おっかさんは、去年の暮に死んじまった」

「そう、でしたか……」

「ちょうどその便りが届いたとき、旦那の使いで糸さんが来ていたんだ。あたしは身も世もなく大泣きしちまって、糸さんが懸命になぐさめてくれた」

それが糸次と、情を通じたきっかけだった。お世はそう話し出した。

旦那の目を盗み、ふたりは逢瀬《おうせ》を重ねたが、糸次は主人の信頼も厚く、慎重な男でもあったから、気づかれることもなく三月ばかりは無事に過ぎた。

だが、そのうちお世の中に、糸次と添い遂げたいという思いがふくれ上がってきた。糸次に何度か水を向けてみたが、主人の妾に手をつけただけでも重い罪になる。それればかりはできないと、糸次は首を縦にふらなかったが、

「旦那を裏切って、私と一緒に逃げてくれるか？」

ある日、糸次の方から、その話を持ちかけられた。

「じゃあ、筋書きや段取りは、みんなあの男が？」

「蛙屋さんは喜楽の旦那と昵懇《じっこん》だから、伊勢行きの話は糸さんもきいていた。おっかさんの見舞いを方便にして江戸を離れれば、きっと逃げ切れるって」

旦那に明かせば、手当を減らされるかもしれない。それを危ぶんで、お世は母親の死を告げていなかった。

ちょうど浅草の喜楽は、建て替えの真っ最中で、亥兵衛は江戸を離れられない。お世をひとりで行かせるしかあるまいと、そこまで糸次は見越していた。

伊勢参りを使ったのには、もうひとつ理由がある。ふたりで逃げるにも、まずは先立つものがいる。旅となれば、財布の紐の固い亥兵衛も、相応の金は出すだろう。そう踏んだからだ。

「だから待ち合わせの場所は桑名がいいと、そう言われたんだ」

江戸から遠く、しかも伊勢詣の前なら、金もたんまり残っている。糸次の言い分は筋が通っており、お世は少しも疑わなかった。

「それでわざわざあの旅籠を……蛙屋の旦那の前でごねたのも、芝居だったんですね」

「蛙屋さんとは家が近くて、時々旦那の愚痴をこぼしていたからね。ああしたほうが疑われまいと、糸さんに言われてね」

糸次の綿密な企みに、弥五郎は内心で舌を巻いた。

「でも、糸さんが惚れていたのはあたしじゃあなく、その飯盛女だったんだね……あたしは初めから、ただの金蔓だったんだ」

お世をちらとながめ、弥五郎はぼそりと呟いた。

「……おれは違うと思います」

「つまらないなぐさめなら、よしとくれ」

「少なくとも昨日の夜までは、あの男は迷っていた。おれには、そう見えました」

お冬を前にして、糸次はしばらく金縛りにあったかのようだった。その目が行ったり来たりしていたのは、傍らのお冬と、奥にいたお世を何度も見くらべていたからだ。

弥五郎は、お冬が鳥屋についていることを明かした。

「相手の女は、おそらくあと十年ほどしか生きられません……それならお世さんみたいな別嬪《べっぴん》と、面白おかしく暮らすほうがよほど楽しいと……男なら誰だってそう考える。きっとあの男はいまも、お世さんを手放したことを、惜しんだり悔いたりしている筈です」

弥五郎は訥々《とつとつ》と語った。決してなめらかではない、不器用な調子がおかしかったのだろう。お世は初めて、自嘲《じちょう》めいた笑みを浮かべた。

「惜しんだり悔いたりか……何の足しにもならないけれど、ないよりはましかもしれないね」

ずっとしかめられていた柳眉《りゅうび》がほどけ、波打ち際に目を向ける。話をしているあいだに、いくらか落ち着いたようだ。少しばかり安堵して、弥五郎は勢いをつけて立ち上がった。

「そろそろ、行きませんか」

「行くって……どこにだい？」

「伊勢に決まってまさあ」

「だってあたしは、旦那をたばかって……」

「そんな証しは、どこにもありません。当の手代は逃げちまったし、あっしも何も見ていない。手代がお世さんを騙して、身請けした女と一緒に逃げた。真実《ほんとう》のところはそれだけです」

「弥五さん……」

「金のことも、心配は要りません。きっと清兵衛の旦那が貸してくれます。しみったれとかいう旦那も、店の手代がしでかした不始末なら、余計な銭も出さざるを得ないでしょう」

お世は、腰を上げようとしなかった。

「南瓜の旦那のもとへ戻るのは、やっぱり気が進みませんかい？」

「そんなことはないよ。色々と気に染まぬことはあるけれど、あたしのことは大事にしてくれるし……」

「だったら、行きましょう。お世さんには、帰るところがある。お世さんが無事に江戸に戻らないと、蛙屋の旦那も面目が立ちません」

お世はじっと弥五郎を見上げ、それから、手を伸ばした。

「腰に根が生えちまって、立てそうもないんだ」

さし出された白い手は、ひやりとするほど冷たかった。

「ひとまず宿場役人には、知らせておきます。あのふたりは、すでに船で逃げた後でしょうが……」

お世の手を引いて、腰を上げさせたときだった。

短い悲鳴が、耳を打った。一瞬だが、たしかに女のものだ。

ぐるりと見わたすと、遠くの砂浜に人影が見えた。

「あれは……」

「糸さん！」

船に乗った筈のふたりの前を、見覚えのある三人の人足が塞いでいた。

「乱暴はやめてくれ！　本当にそれしか金はないんだ！」

叫んだ糸次が胸を突かれ、砂浜にころがった。

「そんな筈はねえだろう。切餅ひとつ受け取ったのを、ちゃあんとこの目で見たんだよ」

「それにどうやら訳ありらしいな。若い男が、血相変えてあんたを探しまわってた」

「何ならこのまま、役人に引きわたしてもいいんだぜ」

三人の男たちが、代わるがわる脅しつける。

「後生ですから、それだけは！」

叫んだとたん、糸次の頬が張られ、ふたたび砂に顔を埋める。

「糸さん！」

男のもとに駆け寄ったお冬が、次の瞬間、あっ、と叫んだ。

「あなたは……」

弥五郎を仰いで茫然とする。にこりと笑いかけ、弥五郎はふたりをかばうように背中を向けた。正面にいる男たちにも挨拶する。

「さっきはどうも。まさかあんたたちが、このふたりと見知りとは」

両替屋の前で会った、三人の人足だった。そろって赤銅色に日焼けした、体格のいい男たちだ。相手がひとりだとわかると、嵩《かさ》にかかったようにすごんでみせた。

「悪いが、兄さん、こいつらはおれたちが先に見つけたんだ。横取りしようってんなら、おれたちを負かしてからにしてくれや」

「なら、そうさせてもらうよ」

弥五郎は、腰の道中差に手をかけた。にやにやと笑いながら、ふたりの男はそれぞれ懐中から出した匕首をかまえ、残るひとりは浜に落ちていた太い角材を拾い上げた。

どうやら力自慢らしく、重そうな角材をふりまわす。

弥五郎はひとたび、ずいと腰を落とし、鞘を左手で押さえ、右手で柄を握った。

梁《はり》のような太い柱が唸りをあげて、弥五郎の左肩めがけてふり下ろされた。

柱が眼前に迫り、その瞬間、弥五郎が動いた。

居合の要領で、抜いた刀を横に払う。

ひゅん、と刃が風を切り、男の両手に収まらぬほどの太い角材が、まっぷたつに切れた。柱の上半分がゆっくりと折れて、ぽとりと砂に落ちた。

いったい何が起こったのか、咄嗟《とっさ》には判らぬようで、三人は口をあいている。

半分になった角棒を握りしめたままの男を打遣《うっちゃ》って、弥五郎は砂を蹴り、後ろのふたりに斬りかかった。逃げる間もなく、刃のぶつかる硬い音が二度響き、二本の匕首が波打際まで弾きとぶ。

人足たちの顔が一気に青ざめ、情けない悲鳴をあげながら一目散に逃げ去った。

弥五郎は刀を鞘に戻すと、背中のふたりに向きなおった。

「申し訳ありません！　どうか堪忍してください！」

何を言う間もなく、糸次が砂に額をこすりつけた。お冬も一緒に、それに倣《なら》う。

「あやまる相手が違いまさ」

弥五郎は、松林の方をふり返った。さくさくと砂を踏みしめながら、ゆっくりとお世が近づいてくる。蠟《ろう》のような顔のまま、ふたりの前に立った。

「お世さん、本当に……本当にすまない。言い訳のしようもありません。すべて私が悪いんです」

糸次は観念したらしく、砂の上に膝を正して頭を垂れた。

「どうか気の済むように、殴るなり蹴るなりしてください。役人に引きわたしてくれてもかまいません。ただ、どうかこいつだけは、見逃してやってください」

糸次は砂に這いつくばり、懸命に乞うた。

「こいつは小さい頃から貧乏くじばかりで、ろくにいい目を見ていないんです。病を得てからも、毎日客をとらされて……」

「あのっ、どうか糸次さんを許してやってください！」

男の哀願を、脇からお冬が奪いとった。

「あたし、宿の旦那に頼んで、お金を返してもらいます。あたしが戻りさえすれば、いまならまだ間に合う筈です。だからどうか、糸次さんを訴えないでください！」

お世はひと言も口をきかず、じっとふたりを見下ろしていたが、ふいに言った。

「行こう」

冷たい手が、弥五郎の手の中にすべり込んだ。

「あたしたちは、何も見ちゃいない。そうだろう？」

ぐい、と弥五郎の手を引いて、砂を踏みしめながら歩き出す。

「旦那付きの手代に騙されて、金を奪われた。真実《ほんとう》のとこはそれだけだろう？」

「お世さん、私は……」

追ってきた糸次の声を払うように、お世が叫んだ。

「あたしが知っているのは、真面目でやさしい喜楽の手代だ。こんな男、あたしは知らない！」

お世はしがみつくように、弥五郎の手を強く握った。

「いいんですかい、あれで」

旅籠のならぶ街道に出ると、お世が握っていた手を離した。

「一発くらい殴っても、罰は当たらなかったと思いますがね」

「あんな茶番を見せられちゃ、そんな気も失せちまうよ」

互いにかばい合う糸次とお冬の姿は、お世にとって何より痛かったのだろう。尖《とが》った小石を踏んでしまったかのように、眉間のあたりをかすかにしかめた。

「お世さんは、やさしいですね」

何の考えもなく、弥五郎は口にしていたが、お世はびっくりしたようにふり向いた。

「なに、言って……」

大きく開いた目から、さっき収まった筈の涙が、はらはらと落ちた。

「え、え、お世さん、おれ、何か……」

いったいどこのツボを押したのかわからず、弥五郎があわて出す。

「こっちが弱っているときに、そんなこと言わないどくれよ」

「……すみません」

弥五郎が肩をすぼめた。大きななりでしょげる姿に、お世が泣き笑いの顔になる。

手の甲で、ぐいと涙を拭い、背中を向けて空を仰いだ。旅籠の瓦屋根の向こうに、鳥居が見えた。

「本当はさ、あたしも同じなんだ」

空に向かって、お世が呟いた。

「あたしも、飯盛女郎だったんだ」

「……もしや喜楽の旦那とは、そのときに？」

お世がくるりとこちらを向いて、首をうなずかせた。

四日市の宿場にいたところを、亥兵衛に見初められて身請けされたという。

船の上から鳥居をながめながら、お世の顔には屈託があった。お世はおそらく、二度と故郷には戻りたくなかったのだろう。

「あの頃は旦那の丸顔が、仏さまみたいに見えたものさ。その恩を五年のうちに、すっかり忘れちまって、きっと罰《ばち》が当たったんだね」と、情けない笑いをこぼす。

「罰なぞ当たっていませんよ。お世さんは何ひとつ失くしてない。そうでしょう？」

お世はまぶしそうに、弥五郎を仰いだ。

「そうだね。これから伊勢に詣でて、蛙講の皆と楽しく旅を続けて。江戸に帰れば、あの南瓜旦那が首を長くして待っている。どこから見ても、あたしは果報者さ」

「そのとおりでさ」

弥五郎が請け合うと、お世は、ふふっ、と楽しそうに笑った。

「それにしても、あんた強いんだね。さっきはびっくりしちまったよ」

「いや、たいしたことは……」

「日頃はぼさっとしてるのに、あんなとこ見せられたら、うっかり惚れちまいそうだよ」

お世の軽口をさえぎるように、弥五郎の胸に、こつん、と何かが当たった。

懐にしまってあった、お千代の櫛だった。

第五話　松坂《まつさか》

「弥五郎さん、どうかして？」

傍らのお千代が、顔をのぞき込んだ。

「なにか心配事でも？　ひょっとして、加減が悪いんですか？」

傍らといっても、少々遠い。ふたりのあいだに、大きな犬がはさまっているからだ。

年頃の大事な主人に悪い虫がつかぬよう、まるで父親の清兵衛に言いつかっているかのごとく、お千代に誰かが近づけば、必ずブチはあいだに割ってはいる。悪い虫の筆頭にあげられた弥五郎とは逆に、清兵衛の覚えはめでたくなるばかりだ。

「調子はすこぶる良いですよ。心配にはおよびません」

垂れ耳の犬の向こう側、無理な笑顔はやはり硬い。

日永追分から伊勢街道にはいって二日が経つ。伊勢への道を示す、日永の鳥居を抜けた辺りから、弥五郎は塩をふり過ぎた青菜さながらに勢いが失せる一方だ。

お千代ならずとも誰もが気づいていて、少し離れてやりとりを見守っていた亀太は、隣の春日惣七に言った。

「弥五もたいがい、あきらめの悪い。そんなに里帰りが嫌かねえ」

つきあいの長い亀太と、手代頭の惣七は仔細を知っている。互いに困った顔を見合わせた。その後ろには清兵衛がいて、ふたりのやりとりを窺っていた。

「なにせ十三年ぶりやしなあ。無沙汰が長過ぎて、その分きまりが悪うてかなわんのやろ」

「御師の手代が、十三年も伊勢に戻っていないのかい?」

そんな話があるものかと、驚いた清兵衛が口をはさんだ。

「弥五はんは、御師になって三年しか経ってまへんさかい」

惣七はやんわりと言い訳を口にしたが、それでもやはり妙な話だ。

「とはいえ、これより無沙汰が続くのは、お伊勢さんにも罰当りや。足を向けてくれる気にならはって、わてもようやく肩の荷が下りましたわ」

心底ほっとしたように、表情をゆるませた。

「巽屋はんにはまっこと、お礼の言葉もあらしまへん。これもみいんな旦はんが、伊勢への同行を願い出てくれはったおかげです」

有難そうに礼を述べられ、巽屋清兵衛がにわかにうろたえる。

「いや、弥五郎さんにとって伊勢がそれほど鬼門なら、かえって悪いことをした」

やはりしょげて見える弥五郎の背を、気遣わしげに見やった。

「旦那が気にすることはねえ。大の男がいつまでも逃げてるわけにはいかねえと、当の弥五だってわかってまさ。だからあいつも、旦那の話に乗ったんでしょうよ」

訳知り顔の亀太に、惣七がうなずいた。

「松坂《まつさか》に着けば、年貢の納め時や。弥五はんも腹を括らはるやろ」

「松坂に、何かあるのかね？」

「八嶋太夫からのお迎えが、首を長うして待っておられるんですわ」

長身の清兵衛を仰いで、手代頭はにっこりした。

木綿で名高い松坂は、三井《みつい》家をはじめとする数々の豪商を輩出した町でもある。ことに江戸大伝馬町に多い『江戸店持ちの松坂商人』たちの本店は、松坂を抜ける伊勢参宮道の両脇にひしめいていた。

「江戸からお越しの、蛙講の皆さまでございますね。長旅お疲れさまでございました」

　裃《かみしも》で身なりをととのえた伊勢御師が、一行を出迎えた。惣七が、意外な顔をする。

「なんや、彦《ひこ》はんやおまへんか」

「へえ。半年ぶりでございますな、惣七はん。お達者そうで何よりです」

「増子《ましこ》太夫の手代頭が、わてらを迎えてくれはるとは……八嶋太夫のもんに、なんぞありましたんかいな」

「いいえ、私が八嶋太夫に無理を申し上げて、このお役目を代わっていただいたんですわ」

　にこやかに告げたのは、惣七と同じくらいの小柄な男だった。

　ひどく張った頬骨のあいだに、左右に思いきり引っ張ったような、横に広がった大きな鼻が鎮座している。ひと目見たら忘れがたいような、なんとも珍妙な顔立ちだが、御師らしい品のある所作と相まって、親しみやすい愛嬌《あいきよう》を感じさせる。

「弥五はんが帰りんさるときいて、いても立ってもおられんようになりましてな。松坂まで行かせてほしいと、太夫にお願いしたんですわ」

「ひょっとして……彦さんか？」

　惣七の後ろから、そろそろと顔を出したのは弥五郎だった。

「やっぱり、彦さんだ。歳がいっても、その三角鼻だけは変わらねえな」

「弥五はん……弥五はんか！　まあ、えらい立派になって、すっかり見違えてしまいましたわ」

たちまち手をとり合ったり、肩をたたき合ったりと、十三年の歳月などなかったかのように、子供に返ってふたりがはしゃぐ。

「こいつは彦次《ひこじ》っていってな、小さい頃は毎日のように一緒に遊んでたんだ」

亀太をふり向いた弥五郎からは、最前までの憂いがきれいにとり払われていた。

増子太夫は、禁裏《きんり》御師として京の内裏にも出入りする格の高い御師だった。

彦次は父親同様、増子太夫の手代として働いていたが、若い御師の中ではとび抜けて腕がよく、昨年、弥五郎のふたつ上という若さで、手代頭に抜擢《ばってき》されて名も変わった。

「あまりの遣手《やりて》ぶりに、他所の太夫が引き抜きにくるほどでしてな、それはかなわんと増子太夫が手代頭になさったんや」

まるで弥五郎への当てつけのように、惣七がそのあたりの経緯をとうとうと語る。

「いまは狭間彦右衛門《はざまひこえもん》さんゆうて、増子太夫の大事な片腕です。弥五はんもこれからは、口のきき方なんぞをようわきまえんとあきまへん」

惣七はしっかりと釘をさしたが、彦右衛門はにこにこと弥五郎を仰いだ。

「そげなこと、わてらのあいだには無用ですわ。今夜はじっくりと弥五はんと話ができる思うて、宿に良い酒や肴《さかな》を見つくろうておきましたんや」

「その酒や肴ってのは、こっちもお相伴《しょうばん》にあずかれやすかい」

亀太が首を突き出して、舌なめずりをする。

「もちろん、蛙講の皆さまの分も、たっぷりと用意してございます。増子太夫の心ばかりの祝儀と思うて、遠慮のうお楽しみくださいまし」

蛙講の一同から、たちまち大きな歓声があがった。

「弥五の坊《ぼん》とこうして酒が飲めるなんて、ほんまに夢のようや」

蛙講の者たちは、存分に羽目を外しているようだ。大広間からは賑やかな声が絶え間なく響いてくるが、庭をはさんだこの座敷にはそれも遠く、虫の音がかすかにきこえる。

御師三人は先刻から場所を移して、昔語りに花を咲かせていた。

「坊はよしてくれ。おれはあの家を払われた身だ。正直、敷居をまたがしてもらえるかどうか、それさえ危うい」

「ご案じにはおよびまへん。お屋敷では誰もが、坊の帰りを心待ちにしとります」

惣七が落ち着き払ってこたえた。その盃《さかずき》に手際よく酒を注ぎ、彦右衛門が続ける。

「そのとおりです。ことに母上さまと兄上さまからは、くれぐれもよろしゅうと申しつかりました」

そうか、と弥五郎は、苦い笑いを浮かべた。片方はもっとも苦手な、もうひとりは誰より慕《した》っていた相手だった。

彦右衛門が、小さなため息をもらした。

「あげなことさえなければと、いまだにおふたりとも悔やんではるごようすで……」

「いまさら詮ないことを。あの甚兵衛鮫《じんべえざめ》とは、とかく馬が合わなかった。若気の至りとはいえ、ああいう始末になったのも当り前のなりゆきだ」

甚兵衛という名と大きな体軀で、鮫と呼ばれたその男は、幼い頃の弥五郎のいわば天敵だった。

伊勢でもひときわ羽振りのいい御師の三男で、力と金で人を従わせるやり方が、どうしても気にくわなかった。だが、そんな向こうみずは他にはおらず、仕返しを恐れる他の子供たちにも遠ざけられて、弥五郎はいつもひとりぼっちだった。

「初めて味方をしてくれたのが、彦さんだった。あれは、嬉しかったなあ」

「鮫のやりようには、わても納得はいかんかったさかいな」

己より歳のいかない弥五郎が、ひとりで抗《あらが》っている姿を、黙って見ているのが恥ずかしくなった。彦右衛門は、懐かしそうにそう語った。

「彦さんが他の連中を説き伏せて、遊び仲間に加えてくれた。おかげで面白いことが、たくさんできた」

弥五郎の楽しかった思い出には、いつもこの幼友達の顔がある。

甚兵衛たちがよくからかっていた大きな鼻も、弥五郎には何より有難いものに思えて、だから正月の屠蘇《とそ》にかけて三角鼻と称した。屠蘇には、袋に詰めた屠蘇散という薬を入れる。この袋の形から、屠蘇袋を三角ともいった。

一方で同い歳の甚兵衛との仲はこじれるばかりで、ひとつの決着がついたのは、ふたりが十四の歳だった。

「隻鮫《せきさめ》ときたら、いまではすっかりでかい面《つら》をしくさって」

めずらしく惣七が、きつい言葉を吐く。

「そういや、いまはそう呼ばれているらしいな」

「あん時も喧嘩をふっかけてきたのは鮫の方やのに、弥五はんばかりが悪者にされて……伊勢を去る弥五はんを見送りながら、どげに悔しい思いをしたか」

「それぱかりはわても、同じ思いでしたなあ」

惣七が、やはりため息で返す。

「そう湿《しめ》っぽくなるな。もともとおれは、御師にはなりたくなかったんだ。武地《たけち》の家で侍の子として暮らす方が、おれにはよほど向いている。あの頃からそう思っていた」

「弥五はんは昔から、そう言うてはりましたな」

彦右衛門が、遠い目をする。

「御師の家に生まれ育った仲間やさかい、誰もそれに異を唱える者などおらんかった。なのに弥五はんだけは違うてた」

御師とは何か。それは幼い頃からずっと、弥五郎が抱え続けてきた疑問だった。どういう役目を負って、どんな働きをしてきたか。それならもちろん承知している。けれど伊勢神宮や御師が、いかに国中に根をおろし、どれほど多くの人々に関わっているか、それを思い知らされるごとに、ますますわからなくなっていった。

その思いがいっぱいにふくらんだ末に弾けて、あのような始末になったのかもしれない。

少なくとも弥五郎には、そう思えた。

　だから養い親とともに江戸へ下ってからは、迷いをふっきるように、侍の子になろうと努めた。剣や学問に精進し、上方言葉も話さなくなった。始終つるんでいた亀太たちのおかげで、町人言葉の方が板についてしまったが、あの頃はこんな顛末《てんまつ》に至るなど想像すらしなかった。

「まさかこのおれが、御師の手代として伊勢に舞い戻ることになろうとはな」

　自嘲ぎみに笑い、盃を干した。

「そういえば、巽屋さんでしたか、あの旦はんが命を狙われとると、八嶋太夫から伺いましたが」

　彦右衛門が、大きな鼻の穴を広げて身を乗り出した。

「わても気になりましてな、それとのうあちこちに、たしかめてみましたんや。そうしたら、ひとつ妙な話がはいってきたんですわ」

　松坂の先にある、伊勢街道沿いの櫛田《くしだ》宿からとどいた噂だった。とある旅籠に、ごろつきや浪人者らしい十人ほどの一団が、たむろしているという。

「ここへ来るときに、その宿に足をはこんでみましたが、ほんまの話でした」

「どんな連中だ？」

「噂どおりの、何やら目つきの悪い者たちで。けどそれを束《たば》ねているのが、どうやら四人ばかりのお武家らしいと」

「四人……」

弥五郎には、心当りがあった。

浜松の手前、駿河《するが》国の薩埵峠で、清兵衛は数人の侍に囲まれた。弥五郎と亀太が蹴散らして、相手はかすり傷ほどで逃げ去ったが、そのときの侍が四人組だったのだ。

「当たりかもしれまへんで、弥五はん。わての仕入れた話とぴったりや」

侍が盛り場などで声をかけ、人を集めている。惣七は四日市で、その話を拾っていた。

「四日市で手配りして、櫛田で待ち伏せか。伊勢へはいる前に、片をつけるつもりなのか」

名うての手代頭たる、ふたりの耳ならまず間違いなかろう。

どうするか、と弥五郎は考え込んだ。ひとまず守りを固めてから出立し、それでも襲われるような事態になれば、あとは連中とやり合うしかない。

弥五郎と惣七はその相談をはじめたが、彦右衛門は異をとなえた。

「万が一にでも、弥五はんや旦はんを、危ない目には遭わせとうはありまへん」

彦右衛門は、連中と顔を合わせることなく伊勢にはいる策を立てていた。

三人は手筈を話し合い、話が決まると、ふたりの手代頭は仕度のために出ていった。弥五郎はいったん大広間へ行き、清兵衛だけを連れ出して、また座敷に戻った。明日の段取りを伝えると、清兵衛は厳《いか》めしい顔を曇らせた。

「いつものことながら、私のためにすまないな」

「旦那のためというよりも、伊勢御師の意地でさ。伊勢を目の前にして旦那にもしものことがあれば、手代頭の連中には末代までの恥になる」

憂いを払っても、清兵衛の表情は翳《かげ》ったままだ。

「弥五郎さんは、伊勢には戻りたくなかったんだろう？」

「え、まあ……いろいろありましてね」

「それほど嫌なら、何故、私についてきてくれたんだ？」

弥五郎は、思わず清兵衛の顔を、まじまじと見詰めた。

いくつかの理由は浮かぶものの、あらためて問われると、こたえに詰まる。相手をながめるうちに、ああ、と弥五郎は思い至った。

「ひょっとしたら旦那が、死んだ親父に似ているせいかもしれません」

清兵衛が、驚いたように目を見張った。

「親父といっても、養い親の方でして。旦那と同じ、愛想のない堅物でしたが」

「悪かったな」

むっつりと清兵衛が返し、弥五郎が思わず笑みをこぼす。

「実の親は、伊勢御師です。おれは八嶋太夫の息子なんでさ」

笑顔はわずかにひきつれていた。

「そう……だったのか」

「といっても次男坊で、騒ぎを起こした揚句《あげく》に、勘当されましたがね」

どうりで敷居が高い筈だと、清兵衛は納得顔になった。

「そのとき拾ってくれたのが、武地の父でした。当時のおれは手のつけられない悪ガキでしたが、己の後継ぎにはそのくらいがちょうどいいと、その場で引き受けてくれました」

養父の武地行蔵《こうぞう》は、さる藩で剣術指南をしていた。

ちょうど藩主の供で伊勢に詣で、八嶋太夫の御師宿にいた折に、弥五郎が甚兵衛と悶着《もんちゃく》を起こした。八嶋の家が、始末に頭を痛めていたところを、それなら我家に迎えたいと申し出てくれたのだ。

話をきいた清兵衛は、何度もうなずいた。

「やはり、もとは武家だったのか。お父上が剣の指南役なら、その腕前も合点がいく」

余計なことを語らずとも、木刀を交えるだけでわかり合えるような、武地行蔵はそういう男だった。

「おれは実の親よりよほど、馴染んでました……主家の尻拭いで詰め腹を切らされて、死んじまいましたが」

武地行蔵が指南していたある家臣が、他家の者と決闘騒ぎを起こしたのだ。公儀も知るところとなり、その責めを父が負うこととなった。三年前のことである。

武地の家は断たれ、養母はそれより前に身罷《みまか》っていた。

侍では潰《つぶ》しがきかない。弥五郎が幼い頃、守役をしていた惣七は、先行きを案じ、なかば無理やり手代見習いに据えた。

仔細をきいた清兵衛は、そうか、と呟いたきり押しだまった。

広間の宴席も盛りを越えたようで、嬌《きよう》じる声も途切れた。虫の声しか届かぬ座敷に、静けさばかりが広がる。

「旦那も、もとはお武家ですよね？」

長い沈黙の後、先に口を開いたのは弥五郎だった。

用心棒として絶えず張りついてはいるが、こうして清兵衛とさし向かいで話したのは数えるほどだ。清兵衛は旅の途中から、どこか弥五郎を避けている節があった。娘のお千代との仲を勘繰って、機嫌を損ねているようにも見えていたが、思えばそれは浜松宿の辺りからではないか。弥五郎はその考えに至った。

浜松宿で抜参りを装った子供たちに、清兵衛の荷が盗まれた。それをとり返したとき、中身を見てしまった書付の文面が、弥五郎の頭に浮かんだ。

「旦那は、お家から命を受けて……殿さまのご上意で、商人《あきんど》になったんですね」

目にした時には、まさかと思った。士分を捨てて商人に下れと、家臣にそのような命を与える藩主などきいたことがない。しかし書面には、大和国砥野藩公の名とともに、はっきりとそう命じる旨が書かれていた。

「ああ、ご先代の殿からの命でな……」

清兵衛は観念したように、低くこたえた。

「初めて殿から話を持ちかけられたときは、からだが震えるほど動じてしまった。ちょうど、おまえさんくらいの歳だった」

二十年以上経っているというのに、いまだに清兵衛には、武士の持つ空気がまとわりついている。当時は主家のために身を粉にして働く、気概にあふれた若者だったと苦笑いした。

熱意をもつ若い家臣が、いきなり主家を追われ、武士の身分さえ失ったのだ。その無体な命が、他ならぬ藩主からの達しとあればなおさら、清兵衛の動揺は察するに余りある。

「だが、何より応えたのは、武家としての野沢《のざわ》家が絶えてしまったことだ」

「まさか、旦那ばかりでなく、お家ごとですか！」

沈痛な面持ちで、清兵衛がうなずいた。

お家断絶にも等しい、あまりに酷いやり方だ。弥五郎は、言葉を失った。

御用達商人として苗字帯刀は許された。野沢清兵衛という名だけは残っていると、清兵衛は言い訳のように呟いた。

生家の野沢家は、決して高い身分ではなかったが、細々とながらも代々武門の家に仕えてきた。

「後戻りができぬよう、殿は余計なしがらみを断つおつもりでいらしたようだが、まだ存命であった母には堪えられなかったのだろう。一時は自害さえ口に出す始末でな、止めるのにたいそう難儀した」

清兵衛には姉がひとりと、弟がふたりいた。姉は当時すでに嫁いでおり、次男は他家へ養子に行った。末の弟だけが商家となった野沢家に残り、砥野藩にある巽屋の本店を切り盛りしているという。

「さぞ、お辛かったでしょう」

「そうだな……一緒に同じ命を受けた三人とともに、一時は毎夜のように酒を飲み、大いに憤ったものだ」

「旦那の他に三人も、同じ憂き目に遭われた方がいるんですかい？」

「ああ……あいつらがいなければ、おそらく道半ばで、くじけてしまっていただろうな」

目端が利いたり、あるいは算盤《そろばん》に長けていたりと、それぞれ才のある若い者たちだった。清兵衛に巽の屋号を授け、材木問屋を開かせたように、藩主は他の三人にも、両替商、米問屋、油問屋をはじめさせた。

「お殿さまは、どうしてそんなことを……」

「商人はもともと、己の利を追うものだ。お家の利のみを重んじる商人を、先代は得ようとなさっていた」

「お家のためだけの商人……」

大方の諸藩の例にもれず、砥野藩もまた、途方もない借財を負っていた。領内外の大商人から借金を重ね、さりとて田畑と木材より他にこれといった産物もなく、返す目処さえたたない有様だった。

先代の砥野藩千原家の君主は、機知に富んだ人物だったようだ。

農林しか財源のない藩に、「商《しよう》」を組み込むことで財政を立て直そうとした。許せる限りの特権を与えながら、己の才覚で店を切り回させ、その利はすべて千原家のものとなる。

「いま思えば、ご先代の目利きは確かだった」

領内の商いからはじまって、やがて四家はそれぞれ構えを広げ、ついには江戸や大坂を根城に大きな取引をするまでになった。江戸に店を開いたのは清兵衛だけで、他の三人は大坂へ出たが、二年に一度、藩主が在国の折には、正月に国許に集まり、目通りを受けて商いのようすを語るのが慣例となっていた。

「その後は夜通し飲み明かして……同じ仲間がいたからこそ、ここまでやってこれた」

武家に育った者が、違う畑に足をふみ入れたのだ。決して平坦な道程ではなかった筈だ。それでも困ったときには互いに金を融通し合い、滅多にもらせぬ愚痴も仲間にだけは打ち明けられた。そう語りながら清兵衛は、懐かしそうに目を細めた。

けれど九年前に先代が身罷ってからは、二年に一度の風習も途絶えた。

「いまの殿は、どこか我らを疎《うと》んじておられる節があってな」

金蔵として当てにする一方で、勘定《かんじょう》方や賄《まかない》方の役人に任せきりで、清兵衛たちと顔を合わそうとはしないという。

「よく考えれば、それも当り前だ。一介の商人に、格別の情けをかける謂れはない」

「ですが、旦那方はもとは……」

「何事も砥野藩のため、千原のお家のため。その志《こころざし》さえ確かなら、どうということはない……ずっと、そう思ってきた」

己や家人には一切の贅を許さず、すべての利をひたすら主家のために注ぎ込んだ。それを当然のことのように言い放つ顔には、一点の曇りもない。しかしいまの弥五郎には、かえって辛く映った。

「だったら、今回の伊勢参りはどういうわけです？」

ずっと心にかかっていたことを、弥五郎は口にした。

「お嬢さんは、旦那が自棄を起こしなすったと、そう考えていなさる」

「自棄か……まあ、そうかもしれんな」

「千原のお家とのあいだに、いったい何があったんですか。江戸屋敷からいく度も呼び出しを受けたのには、どういう理由《わけ》があるんです?」

「千代か……また余計なことを」

清兵衛はそれしか言わず、弱い虫の声だけが座敷に広がる。

「ひょっとして、揉め事の種は杉の売買《うりかい》ですかい」

「どうして、それを」

清兵衛が、驚いた顔で弥五郎を見つめた。

浜松でわかったことが、もうひとつある。浜松ではあえて清兵衛に確かめることをしなかったが、弥五郎はその仔細を語った。

「子供たちに荷を盗ませた連中は、杉商いに関わるものを探してました。旦那がその書付を持っている筈だと」

「そんなものがあれば、私はここにこうしてなぞいない」

しばしの沈黙の後、清兵衛はため息とともに吐き出した。

「私は、吉野《よしの》杉を密かに売り買いした廉《かど》で、お家から疑いをかけられている」

「吉野というと、あの天領の……?」

吉野は清兵衛の故郷、大和国の南にあった。

良質な杉を産する吉野は、幕府の直轄地になっている。

昨年の冬、その吉野杉が、砥野藩領内に大量に出回った。不審に思った御林方《おはやし》が調べたところ、浮かんできたのは巽屋の名であった。清兵衛は苦渋に満ちた表情で告げた。

「杉を買った大工たちが、私の名を出したんだ……むろん私は、あずかり知らぬことだ」

城下にある巽屋の本店は、いまは清兵衛の末の弟が切り盛りしていた。

砥野藩は一万石の小藩で、いままでは領内にあるどんな材木商にも巽屋の息がかかっている。だが件《くだん》の吉野杉は、巽屋の手代を名乗る男を介して、問屋を経ずに大工たちの手に渡ったものだった。

「巽屋が御上の目を盗み、天領の杣人《そまびと》から直に杉を買いつけて、密かに流した。その噂は、藩の内にすぐに広まった」

これが公儀に知れれば、千原家はとり潰しの憂き目に遭うかもしれない。御林方をはじめとする家臣たちは、躍起になって調べに乗り出した。

「それで江戸にいた旦那も、江戸屋敷からお呼びを受けたというわけですね」

「そうだ。調べには錦戸さまが直々に乗り出して、帳面のたぐいを隅々まであらためられた」

「たしか……もとは旦那と同じお役目にいて、馬が合わなかったというご家老さまですね」

「それは違う」清兵衛は言下に否定した。「錦戸さまは、とかく声が大きく口やかましいお方でな。お役目上の相談をしているだけでも、傍《はた》からは喧嘩腰に見える」

いまの江戸家老、錦戸綱右衛門は、清兵衛が御林方に勤めていた頃の上役だった。

清兵衛も若い頃は血気盛んであったから、納得がゆかぬときにはよく食い下がり、互いに言い争うようすが犬猿の仲と取られたらしい。だが、配下の話に耳をかたむける錦戸には、清兵衛は誰より信を置いていたという。

「私に材木商をやらせるよう、ご先代に進言なすったのも、実は錦戸さまだ」

「さようでしたか」

「商人になるのが嫌でごねていた折には、大きな声でこんこんと説教を垂れられてな」

おまえたちは、お家の大事な四本の柱となれ。それが他の誰にもできぬ、忠義と思え――。

その言葉は、いまだに支えとなっている。清兵衛はそう語った。

「此度もたいそう心配してくださって、念の入ったお調べもそれ故だ」

本店と江戸店、どちらの帳簿にも文銭一枚の齟齬《そご》さえなかった。

それを確かめると錦戸は、何者かはわからぬが、今回の件は巽屋の名を騙った不届き者の仕業として落着させた。

「ご裁断が下ったときには、本当にほっとした。これも長年、地道な商いを続けてきた賜物《たまもの》と、錦戸さまからは逆にお褒めのことばをいただいたのだが……」

清兵衛が二度続けて暴漢に襲われたのは、その直後のことだった。

片方は浪人風であったが、どちらも侍、しかもどうやら砥野藩の者と思われた。

藩内での己の疑いは、少しも晴れていないのだと清兵衛は思い知った。

「ですが、これ以上、証しの立てようがないでしょう」

「そのとおりだ。考え抜いた末、これをお返しするより他にはあるまいと思ってな」

清兵衛は懐から守刀を出して、膝の上においた。

鞘の金蒔絵に描かれた図は割り柊。砥野藩千原家の家紋だった。

「先代からの命を受けたとき、一緒に賜ったものだ」

「旦那は、お家との縁を、断つおつもりでしたか」

清兵衛の意図していたことが、弥五郎にもようやく見えた。

もしも吉野杉の一件が公儀に知れることになっても、千原家との繋がりさえ断てば、咎《とが》を受けるのは巽屋だけで済むかもしれない。清兵衛は、そう考えたのだ。

「殿はいま、国許におられる。目通りは叶わぬかもしれんが、せめて二心のないことだけはわかっていただきたかった」

「伊勢詣を思いついたのは、そのためでしたか。大和は、伊勢の隣ですからね」

清兵衛は、申し訳なさそうに弥五郎を見やった。

「国許へ戻るまでは、死ぬわけにはいかないと……おまえさんには、すまないことをした。ここまで巻き込むつもりはなかったんだが……」

「旦那の出自をきいたときから、何かあるとはわかってました。それを承知で来たんでさ」

出立前に亀太に調べさせていたと明かし、それから顔を引き締めた。

「ですが、旦那。殿さまが信じてくださらなかったら、どうするおつもりですか？」

清兵衛はこたえなかったが、その顔に書いてある。

まるで、これから死にいく人のようだ——。旅立つ前の父親を、お千代はそう評した。

それだけの覚悟を、清兵衛はしているのだ。

仮に命拾いをしても、巽屋を続けるつもりはないのだろう。清兵衛の商いは、あくまでも主家のためだ。名目がなければ、稼ぐ意味さえ失う。旅のあいだの人が変わったような大盤振舞も、それで納得がゆく。

しかし、と弥五郎は考えをめぐらせた。おかしなことが、ひとつある。

襲ってきた侍たちは、藩の行く末を案じ、公儀に知られることを恐れて、己を亡き者にしようとした。そう推量し、清兵衛は江戸を立った。だが浜松では、清兵衛を襲うのではなく、吉野杉の売買に関するものを盗もうとした。

「旦那の見当が、はなから違っていたとしたらどうします？　旦那の命を狙った侍連中を焚《た》きつけたのも、浜松の賊を雇った者と、同じ誰かだとしたら……」

「まだ、錦戸さまを疑っているのか？」

「相手が誰かはわかりません。ただそいつは、吉野杉の罠を、旦那に仕掛けた者ではないかと」

はたと、ふたりの視線が合わさった。

翌朝、蛙講の一行は松坂宿を立ったが、その中から三人の姿が欠けていた。

「連中は、櫛田の宿で待ち伏せしとる筈や。そこを避けるのが、何よりの策やと思います」

伊勢へ至る道は、参宮道の他に、熊野大社へとつながる熊野古道がある。松坂からは、この熊野古道と交わる道が延びていた。参宮道の西を、ちょうど「く」の字に迂回する形になる。道のりは倍も長いが、櫛田を通らずに伊勢へはいるにはこれしかない。

狭間彦右衛門はそう説いて、清兵衛と用心棒のふたりを、まだ暗いうちに密かに松坂宿から抜けさせた。

「おれたちと同行するのは、やはり危ない。彦さんは、表の道を行った方が良かったろうに」

蛙講の行く参宮道は、伊勢へ向かう旅人が絶えない。惣七はさらに念を入れ、松坂宿にいた他の伊勢講を引き入れて、総勢三十名もの一団にして護衛もつけた。

「そげな水くさいことを。まだまだ弥五はんとは、話したいことが仰山あるしな」

弥五郎と彦右衛門は、昔語りに精を出し、亀太を交えて賑やかに裏街道を進んだ。用心のための深編笠を目深にかぶった清兵衛だけは、いつものごとく黙って三人の後ろに従う。

そろそろ蛙講の一行が、櫛田にさしかかろうかという頃合だった。道の先に、四つの影が見えた。

「やっぱり、そう来なすったか」亀太がにやりと笑った。

前を塞《ふさ》いだのは紛れもなく、薩埵峠で清兵衛を囲んだ侍たちだ。

「先のようには行かせぬぞ。覚悟してもらおう」

辺りは広い野っ原で、両側から雇われ者らしい連中が、次々と姿を現した。十人ほどはいるだろう。急場凌ぎの寄せ集めとはいえ数が多い。さらに四人の武士が加われば、弥五郎と亀太だけでは捌《さば》ききれない。

「巽屋清兵衛、おまえの命運もここまでだ！」

先頭にいた侍が抜刀し、周囲が次々とそれに倣う。

やはり道中差を抜いた弥五郎は、それでも落ち着き払っている。

「旦那は、ここにおりません」

「何を言う、おまえの後ろに……」

弥五郎の背中にいた男が、ゆっくりと深編笠をとった。

あっ、と四人の侍がいっせいに叫んだ。

「い、いつの間に……」

狭間彦右衛門が、長身の男をふり仰ぎ呆然とする。背丈だけは清兵衛と同じくらいだが、似ても似つかぬ別人だった。

「旦那はな、別の用心棒に守られて、表の参道を歩いてる頃だ」

亀太が己の手柄のように、ふんぞり返る。侍が、ぎりぎりと歯を食いしばった。

「おのれ、彦右衛門！　裏切ったな！」

「ち、ちゃいます。わても謀《たばか》られたんや！　旦はんが入れ替わっているとは夢にも……」

弥五郎は悲しそうに、彦右衛門をふり向いた。

「おれは彦さんを、信じなかったわけじゃない。用心には用心を重ねろと、この旅で身についた、いわば習い性だ」

弥五郎は夜のうちに、惣七の使いを櫛田宿に走らせた。彦右衛門の言った宿を訪ねさせ、しかしそれらしき連中は見つからなかった。

「だから宿を出る前に、この先生に身代わりを頼んだ」

宿を出たときは、まだ暗かった。彦右衛門は気づかず、日が昇ってからはずっと、弥五郎と亀太が張りついて、偽の清兵衛に近づけぬよう気を配っていた。

「先生……やて？」

「桑名城下に道場を持つ、剣術の先生だ。八嶋太夫の檀家さんで、四日市にいたときに惣さんが手配りしてくれた」

侍が盛り場で人を集めている。四日市でその噂をきいた惣七は、すぐに桑名に繋ぎをとって助力を乞うた。この道場主は、惣七とは昵懇《じっこん》の間柄で、檀家と手代以上のつきあいがある。すぐに駆けつけ、知らぬふりで蛙講を護衛しながら松坂までついてきて、昨晩は同じ宿に泊まっていた。

弥五郎の後を、亀太が勢い込んで引きとった。

「先生だけじゃねえんだぜ、ほら、おいでなすった！」

いま来た道の方角から、土を蹴るいくつもの足音が近づいて、まもなくその姿を見せた。数は三人。同じ道場の門下生たちだった。

「どこまでも我らを愚弄《ぐろう》しおって……」

こめかみに青筋を浮かせた侍が大声で命じ、十数人の男たちの殺気がひと息にふくらんだ。

弥五郎はやくざ者の脇腹をなぎ払い、次のひと太刀で別のひとりの肩を裂いた。息を整えながら背後をふり返る。分銅のついた鎖に腕をからめとられ、引き倒された侍に、亀太が鎌をかざす。四人の侍のうちのひとりだ。気づいた弥五郎が声を張り上げた。

「殺すな、亀！　そいつらには話がある」

またかという顔をしながらも、亀太は相手の急所を避けて、腿に鎌をふり下ろした。

「こう数が多いと、いちいち構っていられねえぞ！」

亀太の文句をききながら、弥五郎は別の侍と対峙していた。さっきまで、一団の先頭にいた男だ。おそらく頭領だろうと見当し、相手と同時に踏み込んだ。

弥五郎の左手から斬り込んできたが、小柄なくせにからだは重そうだ。それほどの腕前ではないと見切り、相手の刃をすいと避けた。すばやく相手の後ろにまわり、首裏に刀の峰をたたきつける。呻き声すらあげず、侍のからだは顔から地面に落ちた。

さらにひとり、浪人者を斬り伏せて息をつく。周囲を見わたしたとき、彦右衛門と目が合った。とたんに彦右衛門が背を向けて、脱兎《だっと》のごとく走り出す。

「どこへ逃げる、彦！」

彦右衛門に追いつくと、弥五郎はその襟首をつかみ、草の上にころがした。

「弥五はん、堪忍や！　堪忍しとくれやす！」

丈高く茂った夏草に身を埋めるようにして、彦右衛門は弥五郎の足許に土下座した。

「どうしてこんな真似をした。奴らに脅されたのか？　それとも、よほどの義理でもあったのか？」

どうたずねても、彦右衛門は背を丸め、詫び言をくり返すばかりだ。まるで団子虫のような哀れな姿に、やりきれなさばかりがつのる。

「……金や」

やがて、嗚咽《おえつ》にまぎれて小さな声がした。

「金って……禁裏御師のもとで手代頭をするおまえがか？　伊勢でも指折りの、たいそうな額をもらっている筈だろう」

「そんでも、手慰《てなぐさ》みを覚えたら……あっという間やった」

「彦さんが博奕《ばくち》なんて、それこそわけがわからねえ。若い御師の出世頭と、誰もがそう羨《うらや》んで……」

「羨む？」

縮こまっていた背が、つつかれたようにぴくりとなって、彦右衛門がゆっくりと身を起こした。

「誰が羨んだりなぞしますかいな。わては伊勢中の笑いもんや」

「彦さん……」

その両眼に浮かぶのは、思わず背筋が寒くなるほどの強い憎しみだった。

「嬢《いと》はんの婿として増子の家にはいる筈が、嬢はんに拒みとおされた揚句、とうとう手代頭どまりや」

嬢はんとは、増子太夫のひとり娘のことだ。太夫は彦右衛門の手腕を買って、娘婿に据えるつもりでいたようだ。娘はけれど、どうしても承知しなかった。

「すべての因果は、わてのこの顔や。こげな不細工な男と夫婦《めおと》になるなら、死んだ方がましやと、そう言われたわ」

弥五郎は、言葉を失った。一緒に遊んだ頃の思い出が、次から次へと胸に押し寄せる。そこにはいつも、この幼なじみの弾けるような笑顔があった。

「増子の家は別の婿をとって、太夫は詫び料代わりに、わてを手代頭に据えた。わてを拒み続けた嬢はんと、それを奪い取った男に一生仕えろと、太夫はそう命じたんや」

己を疎んじた娘と、約束を違えた太夫への負の思いは、そのまますべてはね返り、美しく生まれつかなかった己自身を責め苛《さいな》んでいた。

ひと目で相手に覚えてもらえる面相は、御師にとって決して損にはならない。つきあいが増せばそのまずさもご愛敬で、檀家にも長く可愛がってもらえる。彦右衛門の手柄はいわば、その顔あってのものでもあった。

だが、いまの彦右衛門には何を言っても無駄だろう。凄まじいまでの憎悪に、別人のように面変わりして見える。

「馬鹿な奴だ……おまえは大馬鹿だ！　おれはその三角鼻が、大好きだったのに……！」

両肩をつかみ、がくがくと揺さぶった。彦右衛門は夢から覚めたように、初めて弥五郎と目を合わせた。

「おまえは増子太夫のもとを、去るべきだったんだ。増子太夫ともお嬢さんとも関わりないところで、御師としてその腕を存分に生かすべきだったんだ」

「弥五はん……」

「こんなことをしでかしたら、二度と伊勢には戻れねえじゃねえか！」

己が口をつぐんでも、惣七は許しはしない。掌中の玉の弥五郎を、危険に晒《さら》しただけではない。何より大事な檀家を、その命を売ったことは何より大きな罪だった。伊勢御師が決して破ってはならない禁を、彦右衛門は犯したのだ。

「ええんや。どのみち伊勢におっても、生き恥をさらすだけやさかい。ちょうどいい潮時や、斬るなり役人に突き出すなり好きにしとくなはれ」

「そんなこと、できる筈がないだろう」

このまま黙って見逃すのが、弥五郎にしてやれる精一杯のことだった。

彦右衛門は礼を言い、ゆらりと立ち上がった。

「彦さん、どこへ……」

「さあな……、とにかくいまは、伊勢を離れることしか思いつかん」

「待ってくれ、まだききたいことがある」

その腕に手をかけた。

「金のためと、そう言ったよな。話を持ちかけたのはあの連中か？　それとも別の誰かなのか？」

夏草に覆われた原の向こうでは、道場の門弟が最後のひとりを片付けて、亀太が四人の侍を縛り上げていた。

「教えてくれ。彦さんが繋がっている相手は、おれたちが探している奴かもしれない」

「それはできん……御師としての、わての最後の義理や」

彦右衛門は腕にかかっていた手を静かに外し、歩き出した。

さっきと同じに、小さく丸まった背が悲しくて、弥五郎は叫んでいた。

「彦さん、江戸に来いよ！　江戸で、おれたち八嶋のもとで、手代として働けばいい」

彦右衛門が歩を止めて、背を向けたまま返した。

「なに言うてますのや。惣七はんが許すわけ……」

「惣さんは、おれが説き伏せる。いまは無理でも、きっと承服させてみせる。だからいつか、江戸のおれたちのもとを訪ねてくれ！」

いまの彦右衛門は、昔の己だ。十四で伊勢を追われたときの、弥五郎自身だ。

すべりの悪い石臼《いしうす》のように、ぎこちなく彦右衛門がふり返った。

「わての心配より、己の身を案じる方が先や。隻鮫は、いまでも弥五はんを恨んどる」

「彦さん……」

「あんたに潰された左目の恨みや。弥五はん、伊勢へはいったら十分に気ぃつけえや」

脅し文句ではなく、切ない目の色だった。

風が舐《な》めるように吹きわたり、夏草がざわざわと鳴いた。
彦右衛門は一度もふり返ることなく、弥五郎の視界から消えた。

第六話　伊勢《いせ》

「シマさん、コンさん、やてかんせ、放らんせ」

比丘尼《びくに》姿の大道芸人の声に応じ、先頭の駕籠から、蛙屋徳右衛門が撒き銭を放つ。鈴を鳴らして唄い踊りながら、比丘尼たちはひょいひょいと銭をよけ、見物の参詣客の興をあおる。三味線を弾く女たち、ささら竹を持って踊る子供。

蛙講の一行が足を踏み入れた伊勢は、まるで別世界だった。

「両国広小路《りょうごくひろこうじ》や浅草にも劣らない。いや、それにも勝る賑わいだよ」

徳右衛門がもらした通り、伊勢の華やかさと繁盛ぶりは、江戸や大坂に暮らす者でさえ目を見張るものだった。

甍《いらか》の連なる美しい町並みは人であふれ、シマさん、コンさんと迎え入れる芸人たちが賑やかさに花をそえる。汚れが目立たぬよう縞や紺の着物の多い、旅人への呼びかけだった。

「ようやく伊勢に着いたか。ふたりとも、ご苦労だったね」

脇についた弥五郎と亀太を、緋毛氈《ひもうせん》を敷いた駕籠の中から、巽屋清兵衛がねぎらった。

「まったく、どこで油を売ってたのさ。せっかくの豪儀なお出迎えを袖にしてさ」

何も知らないお世は、後ろの駕籠から首を突き出し、もったいないと言わんばかりだ。

その日の朝、松坂の旅籠の前で一行を待ち受けていたのは、緋毛氈を敷いた豪華な駕籠と、紅白の手綱をつけた馬だった。

講の者たちの危難を少しでも避けようと、手代頭の惣七が手配したものだが、駕籠と馬の出迎えは、決してめずらしいことではない。伊勢の手前の宮川《みやがわ》の渡しでは、毛氈敷きの駕籠を乗せた舟が、毎日のように行き交っていた。

それでも、他の講の者たちも巻き込んで、三十丁もの長い駕籠の行列は、荷をくくりつけた馬を何頭もしたがえて、ひときわ参道の人目を引いた。

たとえどれほどの数の刺客をそろえようと、この行列を襲うような輩はまずいない。

巽屋清兵衛はこの行列の中ほどで、別の講中の者たちにまぎれて、駕籠のまま宮川を渡った。もちろんまわりには護衛がつけられて、駕籠と一緒に舟に乗り込んだ。

宮川の渡し舟は、誰でも無賃で乗れることから、『御師の御馳走舟』と呼ばれる。年中、何刻、真夜中でさえも、この渡しは休むことがない。他なら川留にするほどの水量でも、人足を出してかならず渡すことで知られていた。

すでに途中の茶屋で、酒や馳走をふるまわれ、蛙講の者たちはすっかり殿さま気分になっている。上機嫌で駕籠に揺られるお世をながめ、亀太がむっつりと言った。

「そうと知ってりゃ、おれもこっちにつきたかったよ」

「おれたちは、違う出迎えを受けていたからな」と、弥五郎も小声で返す。

桑名の道場主とともに敵を片付けたふたりは、表の参道へととって返し、宮川の先にある中河原《なかがわら》でようやく皆に追いついた。

「休む暇もなかったし、腹はへったし、ふんだりけったりとはこのことだ」

やがて行列が止まり、駕籠を降りた一行に、春日惣七がにこやかな笑みを向けた。

「皆さん、お疲れさまでございました。こちらが私どもの宿でございます」

それまでぼやきどおしだった亀太が、ぽっかりと口をあけた。

「なんてえ、ばかでかさだ。まるで大名屋敷じゃねえか」

凝《こ》った造りの長屋門。どこまでも続く白い塗塀。大きな前庭の向こうには、ひときわ立派な御殿が一同の目をうばう。

八嶋太夫の屋敷の豪壮さに、到着した蛙講の一行は度肝を抜かれた。

千五百坪の敷地に、七百余坪の屋敷。大小あわせて二十八室ある客室からは、池を配した奥庭が見わたせる。大きさもさることながら、柱一本、襖一枚に至るまで、よくよく吟味《ぎんみ》された造作は、下手な武家屋敷にくらべて、はるかに厳《おごそ》かで美しかった。

「あんまりきらびやかで、目がまわりそうだ。おまえ、こんなところで育ったのかよ」

亀太に肘で小突かれて、弥五郎はばつが悪そうに肩をすくめた。

「三日市太夫のように、もっと大きな屋敷はいくらでもある。伊勢ではめずらしいことじゃない」と、素っ気なくこたえる。

畳敷きの広い玄関にはいり、弥五郎がはっとした。

裃姿のふたりの手代を従えて、公家のような身なりの男がかしこまっている。

「遠路はるばるのご参詣、まことに奇特なご信心でございます」

ゆったりとした公家装束に、細面の白い顔がことさら上品に映る。

「八嶋太夫が名代、藤之丞《とうのじょう》にございます」

惣七から、八嶋太夫の長男だときかされて、蛙屋をはじめ講の者たちがたちまち恐縮するが、気遣いは無用というように藤之丞は微笑んだ。

「精一杯おもてなしさせていただきますので、どうぞごゆるりとお過ごしくださりませ」

藤之丞が挨拶を終えると、ふたりの手代は客の世話にとりかかった。

手代に促され、蛙講の一行が草鞋を脱いでも、弥五郎だけは玄関に突っ立ったまま動けずにいる。

亀太が、ちらりとふり返った。亀太と清兵衛、娘のお千代だけは、弥五郎が気になるようすで、廊下のとっつきで足が止まったままだ。

「こちらに来なさい、弥五郎」

やさしい声がかけられた。弥五郎がおずおずと、藤之丞の前に進む。

「こんなに立派になって、見違えるようだ。十三年も経ているのだから無理もないが、それでもおまえだと、すぐにわかったよ」

「兄上……」

それきりことばが続かない。色々な思いが込み上げて、吹きこぼれそうになる。懸命に堪《こら》えていると、まるで代弁するかのように惣七が、すんと鼻をすすった。

「ほんまに、こうしておふたりがまたおそろいになられようとは、わてはそれだけで胸がいっぱいになります」

「ご苦労だったね、惣七。何もかも、弥五郎のために親身になってくれた、おまえの働きあってのものだ」

惣七が泣き笑いで恐縮し、見守っていた三人が、にこりと顔を見合わせたとき、屋敷の奥から甲高い声がした。

「弥五郎！　弥五郎はどこです！」

「あの声は……」

弥五郎の表情が、みるみる曇る。

玄関の脇には、もう一本廊下があった。台所や詰所、使用人の部屋へと続き、その奥に太夫一家の住まいがある。そちらの廊下から、派手な着物に身を包んだ大柄な女が現れた。

弥五郎を見つけると、つかつかと歩み寄り、前に立つ藤之丞を押しのける。

「弥五郎……弥五郎ですね？」

「はい」

「ほんまにおまえという子は、なんでもっと早う顔を見せられまへんのや！　三年前、武地さまが亡くならはってからは、いまかいまかとずっと……」

「母上、そのお話はまた後で……」

「お黙りなはれ、藤之丞。弥五郎が着いたら、まっ先に知らせるよう申しておいた筈です。なんで言いつけどおりにせえへんのや」

藤之丞に向かって、いきなり叱りつける。弥五郎が、大きなため息を吐いた。

「変わりませんね、奥方さまは」

「何です、他人行儀な。おまえは私の……」

「あっしは、惣さん抱えの手代見習いでさ。太夫や奥方さまに、目通りできる分際ではありません」

「そげな伝法な物言いはよしなはれ！」

「母上、お客さまの前ですよ」

静かに、だが毅然とした調子で、藤之丞がさえぎった。母が悔しそうに唇を嚙む。

「弥五郎、お客さまを奥へ」

「かしこまりました」

兄にはていねいに一礼したが、母親には目もくれない。

弥五郎はいつもの手代の顔に戻り、三人を奥へといざなった。

「いいんですか、弥五郎さん。さっきの方は、弥五郎さんのお母さまなのでしょ？」

廊下の途中で、お千代が声をかけた。

清兵衛と亀太をそれぞれの部屋に通し、お千代をお世のいる奥の座敷に案内する。

「ここは弥五郎さんの生まれ育った家だと……そう父にきいて」

「お千代さんこそ、いいんですかい。伊勢にいるときくらい、旦那と一緒の座敷で親孝行なすってはいかがです」

当てこすりのような口調に、お千代がだまり込む。

「すみません、苛々《いらいら》しちまって……」

「久しぶりで、面映《おもは》ゆいのはわかりますけど」

「そうじゃありません。あっしは昔から、あの母が苦手でして」

「でもお母さまは、弥五郎さんのことをたいそう案じているようでした」

それが何より厄介だと、弥五郎は自嘲めいた笑いをこぼした。

「おれの母親は、太夫の二度目の妻で……兄は先妻の子です。それがどういうことか、わかりますか」

あ、とお千代が口に手をあてた。さっきの顛末《てんまつ》と合わせて、一切がのみ込めた顔をする。

すでに日は落ちていた。庭のあちらこちらに置かれた灯籠《とうろう》の火が、池や繁みを淡く照らす。庭に面した廊下の途中で、お千代は足を止めた。

「よかったら、話していただけませんか」

「面白い話ではありませんよ」

どうにも気が進まず、そう断りを入れたが、お千代はぜひにと乞う。仕方なく弥五郎は、廊下の端に腰をおろした。お千代も隣にならんで座る。

「母はあのとおり勝気な女で。実の子のおれを猫可愛がりする一方で、継子の兄にはきつくあたるばかりで」

弥五郎の母親は、大きな御師の家の出で、気位が高く気性も激しい。

兄を産んで早くに亡くなった先妻は、逆に貧しい家の出であったが、見目の麗《うるわ》しさは後々の語り草になるほどだった。

藤之丞の面立ちは、この母親に似た。それがかえって憎さを煽《あお》ったのだろう。何かにつけて長男には辛くあたり、子供心に弥五郎は、兄がかわいそうでならなかった。

藤之丞は一切の怨《うら》みつらみは顔に出さず、ただじっと耐え、弟の弥五郎にはいつもやさしかった。

「おれはとにかく、あの五つ上の兄が大好きで。その兄をいじめる母が、だんだんと嫌いになりました。母に文句をつけても、逆に兄への仕打ちとなって返る。母のことはとうに諦めてしまいましたが、近所にいた悪童に、よく似た奴がいましてね」

それが安木《やすき》甚兵衛だった。三日市太夫と肩をならべる、伊勢で一、二を争う外宮御師、安木太夫の三男で、それを鼻にかける態度が何より気に入らなかった。外宮と内宮では格が違う。八嶋太夫なんぞ、外宮御師から見たら鼻くそみたいなもんや――。

御師は八百家を優に超えるが、そのうち内宮御師はわずか百五十家ほど。外宮御師はその三倍にもなる。内宮御師では五指にはいる八嶋太夫を、甚兵衛はそう言ってせせら笑った。

それは母も同じで、やはり大きな外宮御師の娘であることを誇りとし、その血をひく弥五郎を跡目に据えるべきだと言い張った。

「おれがここへ戻りたくなかったのは、また母が邪《よこしま》な考えを起こすのではないかと、それを案じていたんでさ」

「弥五郎さんは、お兄さまの身を何より案じてらしたんですね」

照れくさそうに、弥五郎は微笑んだ。

「でも、とりこし苦労だったようです。兄はもう、一人前の御師です。あれならいくら母が騒いでも、周囲《まわり》が黙ってはいないでしょう」

伊勢にも八嶋の家にも未練はなかったが、兄のことだけは気がかりだった。父の名代として、立派に役目を果している。その姿を見ただけで、胸がいっぱいになった。

「やはりつまらない話でさ」

「いえ、そんなこと」

「そろそろ夕餉の刻限です、行きましょう」

弥五郎が腰を浮かせると、あの、とお千代が言いさした。

「おとっつぁんとの約束は、伊勢まででしたよね？」

「用心棒のことでしたら、たしかに。そういう話になってましたが」

「だったら……弥五郎さんとも、これっきりなんでしょうか」

曇りのないお千代の目は、まっすぐに弥五郎に注がれている。闇の中でも、それだけはわかった。

蛙講の一行は、これから四国と上方へ足を延ばす。清兵衛は故郷の大和へ戻り、己の身のふり方を決めるつもりでいる。どちらにも弥五郎が、随行する謂《いわ》れはない。

そのとおりだと言えば済むものを、何故だかどうしても出てこない。

「また江戸で、会えますか？」

「それは……」

「お互い江戸に暮らしているなら、またすぐに会えますよね？」

お千代に理詰めにされて、弥五郎が返事に窮する。

もともと巽屋は、三日市太夫の檀家だ。この伊勢参りさえ終われば縁が切れると、お千代は悟っているのだろう。

お千代の目は、弥五郎をまっすぐに捕えて離さない。

このまま見続けていると、とんでもないことを口走ってしまいそうで、弥五郎はあわてて顔をそむけた。

「御師には、何より大事な役目があります。伊勢講を組むより、神楽奉納させるより、もっと大事なことが。おれはまだ、それを旦那に果しちゃいません」

まだ清兵衛から離れるわけにはいかない。弥五郎の本音だった。背中を向けたままであったが、お千代には届いたのだろう。安堵の声が応じた。

「よかった。まだご一緒できるんですね。これからも、よろしくお願いします」

お千代の明るい声は、こんなに心地好いものだったろうか。

ひどく不思議に思いながら、弥五郎は腰を上げた。

「こいつはまた、すげえな。三の膳まである上に、見たこともねえ料理ばかりだ」

夕餉の席につくなり、亀太が目を丸くする。

「お頭つきのこんな大きな鯛が、ひとりひとりにつくなんて」

「へぇえ、こいつが話にきいた伊勢海老かい。こんなでかい海老、初めて見たぜ」

あまりに豪華な膳に、亀太ばかりでなく、誰もが驚きの声をあげる。

丸ごと一尾の鯛と伊勢海老は、朝夕を問わず毎食必ず膳にそえられる。それだけではない。海ならコチ、鮑《あわび》、ナマコ。山ならチシャ、木耳《きくらげ》、松露《しょうろ》と、山海の珍味が所狭しとならぶ。料理の仕方もさまざまで、何よりも目に華やかだ。

「客は大勢いるのだろう？　これだけの料理を温かいうちに出せるとは、ここの台所には、使用人が百人もいるのかね？」

巽屋清兵衛が、弥五郎にたずねた。

「いいえ、二十にも足りません。いまは混む時節ではないし、客も多くはありませんが」

伊勢がもっとも混雑するのは、農閑期にあたる冬場だった。その頃は連日百五十人もの泊まり客が訪れる。それでもやはり、二十人にも満たぬ数で、これだけの品数を冷めないうちに供すると、弥五郎が説いた。

いったいどんな手妻を使うのかと、清兵衛はひたすら驚いている。

「旦那、その鯛を、ひっくり返してみてください」

清兵衛がその通りにすると、表にはきれいについた焼き目が、こちらにはない。

「大鍋でざっとゆでて、焼き鏝《ごて》で魚の片身を撫でるだけなんでさ」

実は焼いているように見せているだけだとわかり、清兵衛がまたびっくりする。

汁の具はまな板なぞ使わず、そのまま大鍋に切り込み、もっとも手間暇のかかる膾《なます》料理は、刻みを専門にする者たちがいて、伊勢中の宿をまわる。

「食にうるさいお方なら、見た目ほどの味ではないと、すぐにわかります」

味よりも、品数や見栄えの良さで客を圧倒する。それが御師宿の料理だと、弥五郎は皮肉な調子で告げた。

「こういう上っ面だけのところが、昔は癇《かん》にさわりましてね。もっと嫌だったのが……」

と、弥五郎が、ふと気づいて話を切った。

あけ放された障子の向こうに、子供がひとり立っていた。

「おう、坊主、どこの子だい。そんなところに突っ立ってねえで、一緒に一杯やらねえか」

すでに酔いのまわりはじめた亀太が手招きすると、七つくらいの子供は素直に座敷に上がり、清兵衛と亀太のあいだにちょこんと座った。

「じゃあ、まずは駆けつけ三杯と……」

「こんな子供に、何してやがる」

弥五郎が、亀太の頭をぱしりとたたく、傍らの清兵衛が、子供に言った。

「よかったら、あがっていきなさい。おじさんはこんなに食べきれないからな」

「ううん、もう腹一杯食ったんだ。鯛も海老も、すんげえ旨かった」

はちきれんばかりの笑顔を向ける。幾重にも繕《つくろ》った跡のある、ひどく貧しい身なりだが、風呂にはいった後らしく、さっぱりとした顔をしている。

「あんなご馳走、正月だって見たこたねえ。きっと村のだあれも食ったことはねえと、父ちゃんが言ってただ」

子供は興奮ぎみに、あれこれと話し出した。父親と姉と三人きりで、どうやら母親を亡くしたばかりらしく、父親は半ば自棄を起こして村を抜けてきたようだ。

「米だけの飯なんて、おら初めて食ったんだ。姉ちゃんは、何より布団にびっくりしてな、いつも藁《わら》に筵《むしろ》なものだから、ふっかふかの絹布団なんて、どう寝ていいかわからねえって。こんな極楽みてえなところなら、父ちゃんも来てよかったって！」

「そうか、父ちゃんも姉ちゃんも喜んでるか」

弥五郎はひどく複雑な笑みを浮かべて、子供の頭を撫でた。

「あ、こんなところに！　坊ちゃん、お父さんが心配してらっしゃいますよ」

手代が駆けつけて、己の不行届きをしきりに詫びる。手代と一緒に、子供が手をふりながら機嫌よく出ていくと、弥五郎が話し出した。

「ちょうどあのくらいの歳でした。やっぱり同じ歳くらいの男の子に会いましてね」

ただの思い出話ではなさそうだ。清兵衛はだまって盃をかたむけた。

「姿もあの子によく似てました。播州《ばんしゅう》の貧しい百姓の倅で、母親とふたりで抜参りに来たんです」

六助《ろくすけ》というその子供と、弥五郎は一日中一緒に遊んだ。六助はさっきの子供と同様に、伊勢の暮らしは夢のようだとしきりに語った。

弥五郎はそれが不思議に思えた。六助と母親への待遇は、この宿ではもっとも低いものだと知っていたからだ。

絹布団だけはどんな客にも用意されるが、膳の気色はまるで違う。鯛と伊勢海老だけはつくものの、品数も皿の内容もずっと貧しい。それでも六助は、やはり口をきわめて褒めそやした。

「田舎の村での暮らしぶりをきいて、ようやくその理由《わけ》がのみ込めました。おれにはそいつの話の方が、夢みたいに思えた」

六助が日頃食べていたのは、粟とひえの粉に、わずかな米粒を混ぜた代物だった。米の飯は正月だけで、これまでに食べたいちばんのご馳走は、従兄弟の婚礼料理だそうだが、それさえ一汁三菜のつつましい膳だった。

「ですが、おれが何より驚いたのは、そんな村にも伊勢講があったことです」

六助の村には、八嶋太夫の手代が足をはこんでいた。しかし女の身では講にははいれず、何事か鬱憤がたまっていたのだろう、六助の母親はひそかに村を抜け、喜捨にすがりながら伊勢にたどり着き、八嶋太夫を頼ってみたようだ。

食うさえ事欠く有様なのに、さらに辛抱を重ね、皆で何十両も貯め込んで、ひと息に伊勢で散財する。伊勢の参拝客にもっとも多いのが、このたぐいだった。

弥五郎は、彫りの見事な欄間《らんま》や、真新しい襖をながめわたした。

「この御師御殿は、そういう百姓の汗水でできている。百姓の些細《ささい》な稼ぎをみんな吸いとって、己は豪勢な暮らしを営む。それが御師の本当の姿です」

弥五郎が御師に対して、納得のいかぬものを抱えていることには、清兵衛も気づいていた。

「それでも手代さんは、さっきの子供を丁寧にあつかっていた」

「信心のために来なさるのだから、分け隔《へだ》てをしてはならないと……御師にとっては当り前のことです」

待遇の違いはあれど、無一文の者も腹一杯の食事をし、風呂に入り、布団にくるまれて気持ちよく眠れる。何より客として大事にしてもらえるのは、貧しい参詣者にはいちばん有難いことだろうと、清兵衛は言った。

「それでも十分元手をとれる、そういうやり方をしているとも言えるが、やはり立派な心掛けだと、私はそう思うよ」

惣七もいつも、似たようなことを口にする。

「そんなもんですかね」と弥五郎は呟いた。

翌日、蛙講の者たちは皆で打ちそろい、まずは外宮へと参拝に出かけた。

それぞれ祭られている神の名から、外宮は「豊受大神宮《とようけだいじんぐう》」、内宮は「皇大《こうたい》神宮」という。外宮へ先に参り、それから内宮へまわるのが、慣わしとされていた。

「何でえ、ご正殿は、ちっとも見えやしねえじゃねえか」

亀太が垣根《かきね》の隙間をのぞき込み、たちまち惣七から小言をくらう。

「これ、罰当りはやめなはれ。玉垣の中は神さまのお庭です。皆さんは垣根の外にぬかずいて、お参りするのがしきたりです」

惣七に従って参拝を済ませると、次には四十末社《しじゆうまつしや》が控えている。近在の神々がこまで出張ってくるという有難い場所だが、見かけは粗末な掛小屋で、正殿を囲むようにびっしりと建てられていた。

外宮が済むとそのまま、一里以上離れた内宮へと向かう。

「シマさん、コンさん、放らんせ」

内宮の手前、五十鈴川にかかる宇治橋が見えてくると、伊勢では耳慣れた声がした。声に応じて橋の上から銭を投げると、下にいる子供たちが、長竿の先の網で器用に受けた。

「まるでここだけが、俗世間と切り離されているようだねえ」

宇治橋をわたって奥へと進むと、蛙屋徳右衛門がしみじみと言った。

濃い緑の森が静謐《せいひつ》な空間を形作り、大気のにおいまでが明らかに違う。清浄で厳《おごそ》かなその場所に、誰もが神の存在をたしかに感じとる。

こちらの正殿も外宮と同様、やはり玉垣に守られていた。

「どうしてお隣に、同じ垣根があるのですか？　こちらには何も建っていないようですけれど」

外宮も内宮も、二十年おきに遷宮《せんぐう》を行う。檜皮葺《ひわだぶき》の白木の宮を隣に建て替える、そのための敷地だと、弥五郎はお千代にこたえた。

こちらには外宮の倍、八十末社が軒《のき》をならべる。伊勢には他にもいくつもの社があって、賽銭《さいせん》は十二文が相場とされる。すべてとはいかずとも、百社ほどの巡拝は当り前で、賽銭だけでもたいそうな出費となるが、誰もそれを惜しむ者はいなかった。

「あっしらはここで別れます。惣さん、後はお願いします」

参拝を済ませ、弥五郎と亀太、清兵衛の三人は一行と別れた。他の者たちは八嶋太夫のご馳走舟で五十鈴川を下り、二見浦《ふたみがうら》を見物することになっていた。

「旦那も奇特なお方ですね。神楽をふたつも奉納なさるなんて」と亀太が感心する。

「三日市太夫とは、長のつきあいだからな。あちらの顔を立てておけば、八嶋太夫も肩身の狭い思いをせずに済むだろう」

神楽奉納は神への捧げものだから、表向き値はつけられていない。しかしその実、御師のもっとも大きな実入りとなっていた。

最低でも十五両が相場とされるが、清兵衛が大枚を乗せ、蛙講が八嶋太夫のもとで行う神楽は三十五両にもなる。蛙講へのとびきりのもてなしは、高額の神楽奉納ゆえだった。

それでも決してめずらしいことではなく、数十両の神楽を奉納する講は少なくない。十両盗めば首がとぶような世の中だ。自ずと御師の儲けは、天井知らずとなる。三日市太夫の檀家が、八嶋太夫の世話になるのは本来なら掟破りだ。八嶋より高額の神楽を三日市太夫邸で奉じることで、清兵衛は義理を立てるつもりでいた。

「お心遣い、痛み入ります」

弥五郎が頭を下げたとき、亀太がその背中をつついた。

「おい、あのふたり、さっきからこっちをじろじろ見てやがる。ひょっとして……」

性懲《しょうこ》りもなく、また清兵衛を襲うつもりの輩かと、亀太は身構えた。

繁華な町の真ん中で、右も左も人でごった返している。ひと目で堅気ではないとわかる男たちは、人波を縫いながらだらだらと近づいてくる。

「いや、どうやら違うようだ。あれは、おれの客人だ」

弥五郎の言ったとおり、男たちは清兵衛には見向きもしなかった。

「どうも覚えがある思うたら、弥五郎やないか。そのクソ生意気な目つきは変わらんな」

「噂にはきいとったが、ほんまに伊勢に戻っていたとはなあ」

弥五郎をじろじろとながめ、小馬鹿にしたように笑う。

「おまえたちも相変わらずだな。甚兵衛に張りついている、ちゃちな小判鮫《こばんざめ》のままだ」

ふたりが笑いを消して、上目づかいににらみつけた。

「隻鮫の親分は、てめえに片目を潰された。その恨みは、いまも忘れられんと言うとるんや。この伊勢から、無事に出られると思うなよ」

相手は凄みをきかせたが、清兵衛のいる前で、やり合うつもりはない。

「甚兵衛には、後で挨拶に行くつもりだ。そう伝えておいてくれ」

それだけ言って弥五郎は、子分たちをやり過ごした。

「隻鮫って野郎と喧嘩するつもりなら、加勢してやってもいいぜ」

「あいつの手下は、子飼いの者だけで五十は下らないそうだ」

「そいつは、ちょっと多過ぎるな」

亀太が眉を寄せると、清兵衛が申し出た。

「金で片がつくのなら、私の方でいくらでも……」

「旦那、それには及びません。おれにも考えがありますから」

心配そうな清兵衛を促して、弥五郎は三日市太夫の屋敷へ急いだ。

「どうだったい、お神楽は。さぞ神々しくて華やかなものなんだろうね」

その晩の夕餉の席だった。顔役の蛙屋徳右衛門は、興味津々のようすだ。

「立派な御神楽でしたよ。三日市太夫も、たいそうな喜びようでした」

応じた弥五郎の横で、亀太がげんなりとする。

「おれは退屈だったぜ。午過ぎから夕方まで、たっぷり二刻もかしこまって、婆さんと子供の踊りを見物してたんだぜ」

「おまえさんはまた、罰当りなことを」と、徳右衛門が顔をしかめる。

「明日もまた、同じものを見せられるのかと思うと、正直うんざりだ」

御師はもともと神官だから、祈禱も行う。

楽人たちの楽の音と謡に合わせて巫女《みこ》が舞い、お祓いをしてもらい、武運長久や家内安全などの願文《ねがいぶみ》が読み上げられる。神楽奉納とはそういうものだ。

大方の者たちは、徳右衛門のように信心深い。ひときわ厳粛で美しい神楽に、たいそう感じ入り、土産話にするものだが、亀太だけは違うようだ。

「弥五には御師は向かねえな。あんな退屈なご祈禱を、毎日できるわけがねえもんな」

「おまえに言われるのは心外だがな」

「何より、あの公家さんみてえな格好が似合わねえ。さぞかし見物《みもの》だろうから、いっぺんやってみろよ」

亀太を横目でにらんだとき、まさにその姿をした男がふたり、座敷に現れた。背後には、裃姿の四人の供を従えている。

「八嶋太夫にございます。皆さまにご挨拶させていただきとう存じます」

八嶋太夫と、息子の藤之丞だった。どちらも金襴《きんらん》の袴をつけた公家装束に、頭には天神冠《てんじんかんむり》までのせている。蛙講の者たちが、あわててかしこまった。

太夫がていねいに挨拶し、明日行われる神楽奉納の祝辞を述べる姿を、弥五郎は瞬きもせずに見詰めていた。

やがて挨拶を済ませ、出て行こうとする太夫を、惣七が引きとめた。

「太夫、あの……ご挨拶が遅うなりましたが……」

惣七の目は、太夫と弥五郎とのあいだを泳いでいる。

八嶋太夫は、弥五郎にちらりと目をやった。色白で目鼻は柔和だが、口許だけは頑固そうに結ばれている。顔立ちは、どちらの息子にも似ていなかった。

「新しく入った、手代見習いやったたな。おまえが雇うたのなら、好きにしてかまわん」

「父上！　それではあまりに……」

藤之丞の制止もきかず、太夫はくるりと背を向けて、衣擦《きぬず》れの音をさせながら座敷を後にした。藤之丞と供の者が続き、襖が閉まると、弥五郎はようやく肩の力を抜いた。

「また、素っ気ないもんだな」

さすがに亀太が、気遣わしげに言葉をかける。

「なに、かえって気が楽になった」

「けどよ……」

「おれを許したとなれば、甚兵衛の親、安木太夫への面目が立たない。八嶋の家のためには、これが当り前だ」

弥五郎と亀太のやりとりをきいていた清兵衛が、静かに腰を上げた。

部屋を出て、太夫の去った方へと廊下を行く。曲がり廊下の手前に、石灯籠の明かりに浮かぶ人影があった。

太夫と供の姿はなく、藤之丞がひとり、庭を向いて佇んでいた。

「弥五郎さんに難儀をかけたことを、ひと言太夫にお詫びしたかったのですが」

追ってきたわけを、清兵衛が告げた。藤之丞は、ご丁寧にと腰を折った。

「ただ、せっかくのお気遣いですが、無用に存じます。太夫にも、お受けできない理《わ》由《け》がございまして……」

だいたいの経緯《いきさつ》は弥五郎からきいていると、清兵衛はうなずいた。

「太夫も決して、情がないわけではありません。己の務めを果すのが何よりと、心に決めているのでしょう」

藤之丞は、辛そうにうつむいた。清兵衛の口許に、思わず笑みが浮く。

「弥五郎さんとは、仲のよいご兄弟とお見受けしました」

「はい。五つも下だというのに、弥五郎は何かにつけて、よく私を助けてくれました。私にとっても、誰よりも心安い相手で……」

楽しそうな声が、ふいに途切れた。藤之丞から細いため息がもれる。

「弟は私のために、あんな騒ぎを起こしたのやもしれません」

それまでも甚兵衛とは、よくいざこざを起こしていたが、とっ組みあい程度で収まっていた。だが、その日に限って相手を挑発するような真似をして、甚兵衛が刀を持ち出した。揉み合っているうちに、刃先が甚兵衛の左目を裂いたのだ。

「私に太夫を継がせるために、弟はあんな真似をしたのではないかと、私はいまでもそう思うています」

白い面に憂いをふくみ、藤之丞は静かに告げた。

晩の宴が終わり、講の者たちが気持ちよく床に入った頃、弥五郎は屋敷を抜けた。向かった先は古市《ふるいち》、その繁盛ぶりは吉原にも劣らないと、評判の色街だった。提灯の明かりで、まるで昼間のような通りには、幾重にも伊勢踊りの囃子が響く。

弥五郎は迷うことなく、一軒の茶屋にはいった。

「甚兵衛はいるか。弥五郎が来たと、伝えてくれ」

挨拶抜きで切り出すと、店内にたむろしていた男たちが、剣呑な顔で次々と腰を上げた。

「ここで仕掛けるつもりはない。甚兵衛にとりついでくれ」

弥五郎が丸腰なのを確かめると、兄貴分らしい男が奥へと消えた。やがて戻ってきた男は、二階へ上がるよう促した。

前と後ろを男たちに固められ、弥五郎は階段を上った。二階廊下を進み、奥座敷へと行きつく。子分のひとりが中に告げ、太い声が応じた。襖がすらりと開かれる。

「ほんまに戻ってくるとはな。われの顔がまた拝めるとは、うれしゅうて涙が出そうや」

まるで相撲取りのような巨漢だった。両脇に女をはべらせ、赤黒く酒焼けした面にぎらついた眼《まなこ》が開いている。だが、それは右のひとつだけで、左は金銀の縫いとりをほどこした、派手な眼帯がおおっていた。

「久しぶりだな、甚兵衛。噂以上のたいした羽振りだ。昔よりふたまわりも肥えたのは、金太りか」

口のきき方に気をつけろと、脇にいた男がにらみつける。

弥五郎は話を切り上げて、懐から状をとり出した。

「果し状だ。おまえと、差しで勝負がしたい」

隻鮫の眼帯の上のこめかみに、太い筋が走った。

翌日は曇天だった。梅雨の到来を思わせる、じっとりとした湿り気が座敷に満ちてはいたが、蛙講の一行はつつがなく神楽奉納を終えた。

夕の祝の席は、四の膳まであるひときわ豪華なもので、宴は大いに盛り上がり、夜遅く銘々の布団に倒れ込んだ。

後片付けを済ませると、弥五郎は屋敷の玄関をそっと抜けた。

表門は、すでに閉じている。脇の潜り戸を通してくれと、門番の爺やに小声で頼んだ。

「やっぱり、抜け駆けするつもりだったのか」

声に驚いてふり向くと、先ほど酔い潰れた筈の、亀太が立っていた。そればかりか、背後には清兵衛親子の顔もある。

「水くせえじゃねえか。出入りなら加勢すると、言っておいたろうが」

「亀、どうして……それに、旦那とお千代さんまで」

「へん、てめえの考えてることなんざお見通しだ。ひと芝居打ったのよ」

「私も、連れていってください。きっとブチが、お役に立ちます」

お千代の足許には、垂れ耳で強面《こわもて》の犬が控えている。

「お気持ちだけ有難く……危ないところへは連れて行けませんから」

弥五郎は留まるように説いたが、お千代ばかりか、清兵衛もゆずらない。

「千代は言い出したらきかなくてな。私も気になって、おちおち眠っていられぬし」

むっつりと清兵衛が告げて、弥五郎が困った顔を亀太に向ける。

「あきらめろ、弥五。このふたりの頑固は筋金入りだ」

「……わかりました。見届け人としてお連れします」

大きなため息をついて、弥五郎が承知した。

四人が向かった先は、内宮の北にあたる、五十鈴川の河原だった。

周囲を丈の高い葦《あし》がさえぎり、その中に丸くあいた原がある。伸び盛りの雑草が、
膝下にさわさわと絡《から》んだ。

「なんや、やっぱり助っ人を連れてきたんか」

月はないが、原に点々と灯った提灯の中ほどに、黒々とした大きな影が映じた。

「この三人は、立会人だ。手出しはさせない」

ふたりは三日市太夫の檀家だと告げると、相手も御師の倅だけあって、関わらぬと
請け合った。

隻鮫の合図で、明かりの列がざざっと後退した。提灯は十ほどだが、人の影はまる
で垣根のように連なっている。その数は五十は下らない。お千代が掠れ声で呟いた。

「こんなに大勢だなんて……」

「たとえ勝ったところで、なぶり殺しになるだけじゃねえか」

「いいから、おれを信じろ。何があっても、決して手を出すな」

念を押し、弥五郎は脇差を手に、原のまん中の明かりに向かって歩き出した。

足許におかれた提灯が、隻鮫の巨体を浮かび上がらせ、その前に弥五郎が立った。

「十三年か……返報には長かったぜ、弥五郎よ」

「たしかに、少し長過ぎた」

弥五郎が腰を落とし、隻鮫は刀を抜いた。その身に合った、びっくりするほどの大刀は、下から照らされぬらりと光る。大刀がふりかざされたとき、弥五郎が脇差を抜いた。

きん、とひとたび刃が鳴って、蹴られた提灯の火が消えた。

子分衆からどよめきがもれる。ふたたび高い音がして、火花が散った。

「弥五が一発で仕留められねえなんて……」

「あのからだでは、刀も楽に通すまい。止めを刺すのは難しいかもしれん」

両の拳を握りしめる亀太の横で、清兵衛が冷静に応じる。地面に膝をついたお千代は、ブチにしがみつき、必死に祈っていた。

子分衆の持つ提灯の火は、ふたりのもとには届かない。闇の中で、ただ互いの殺気だけがぶつかり合う。立ち会いの三人にとっては、恐ろしく長い時に思えた。

びゅんと大太刀が空を切る音、着物か草を裂く音に混じり、刃のぶつかる音がもう一度弾けた。そして――、絶叫が響きわたった。

「弥五郎さん……！」

お千代の祈りは届かず、立ち上がったのは大きな影だった。断末魔のような叫びは、その足許からきこえる。

「明かりだ」

太い声が命じ、提灯のひとつがすぐさま向かう。

「弥五……まさか……」

そちらにひかれる虫のように、亀太がふらふらと前に踏みだす。

隻鮫が、地面に落ちたからだを引きはがし、提灯が寄せられた。

ひっ！　とお千代の喉が鳴った。

ぐったりとした弥五郎が、隻鮫に胸座をつかまれて宙吊りになる。首が無理にねじられて、その顔がはっきりと見えた。弥五郎の片手は顔の左側を押さえ、その指の隙間から、どくどくと血があふれ出していた。

「どうや、弥五郎。借りはちゃあんと返したぜ」

囲んだ子分衆から、吠えるような勝どきが上がる。隻鮫が弥五郎の左手をはがし、血まみれの顔をのぞき込んだ。

「なんや、まだ目ん玉は残っとるやないか。どれ、えぐり出してやろうかい」

「や、やめろ！　頼むから、それだけはやめてくれ！」

がたがた震えるからだから、悲痛な声をしぼり出す。構わず隻鮫が、太い指を弥五郎の左目に持ってゆく。

「やめて――っ！」

走り出そうとするお千代を、清兵衛が必死で止める。

「頼む、何でもする。何でも言うことをきくから、それだけは勘弁してくれっ！」

情けない哀願に、どっと笑いが起き、嘲《あざけ》りや罵倒《ばとう》が次々と浴びせられる。それでも弥五郎は、呪文のように同じ頼みをくり返す。隻鮫が、肉付きのいい顔をにやりとさせた。

「だったら、弥五郎、おれの子分になるか？」

「え」

「てめえは小さい頃から、どんな目に遭うてもそれだけは承知せんかった。おれの飼い犬になるゆうなら、考えてやってもええ」

弥五郎が血のたれた口許を引き締め、ぎっと奥歯を噛みしめた。

幼いときから、たったひとつ守り通してきた矜持《きようじ》を捨てろと言われ、残った右目の中にためらいが浮かぶ。

「弥五郎！　そんな卑怯な誘いに乗るんじゃねえ！　てめえの仇《かたき》は、おれが討つ！」

亀太が猛然と突っ込んで、子分衆の塊が、そちらへ向かって大きく崩れる。

「やめろ、亀太！　もういい！」

「弥五……」

「わかった、甚兵衛、その話をのむ。おまえの子分になるから、許してくれ」

隻鮫が弥五郎のからだを、地にたたきつけた。

「そうやないやろ、弥五郎。ええ歳をして、ものの言い様も知らんのか」

弥五郎は、呻《うめ》きながら身を起こした。草の上に膝をそろえ、ゆっくりと両手をつく。

「どうかこのおれを、隻鮫の親分さんの末席に加えさせてください。お願いします」

信じられない光景に、亀太と清兵衛親子は身じろぎもできない。

隻鮫の高笑いだけが、五十鈴川の河原に大きく響いた。

隻鮫が子分たちを引き連れて去ると、三人は弥五郎のもとに駆け寄った。

「千代、傷口を布でかたくしばりなさい。一刻も早く医者のところへ」

「旦那、それにはおよびません」

手拭いを当てようとしたお千代の手を止めて、弥五郎はひょいと立ち上がった。そのまま身軽に川へと走り、ざぶざぶと音をさせて顔を洗う。

戻ってきた弥五郎の顔には、かすり傷ひとつなかった。

「てめえ、まさか！」亀太が血相を変えた。「おれたちを騙しやがったのか！」

弥五郎の胸座をつかみ、がくがくと揺さぶる。

「だって、あんなに血が……」と、確かめるようにお千代が仰ぐ。

「あれは血糊《ちのり》です。古市の芝居小屋から、借りてきたんでさ」

古市は芝居も盛んで、大きな芝居小屋がいくつもならぶ。

緊張の糸が一気にゆるんだようだ。亀太の両目から、ぼろぼろと涙がこぼれ出た。

「どうした、亀。おまえが泣くなんて、明日は雪になるぞ」

「この野郎、ぶっ殺されてえか！」

「弥五郎さん、ひどい！　あの顔を見たときは、息が止まりそうになったわ」

お千代にも泣かれて、弥五郎が困ったように顔を向けると、

「それならそうと、ひと言言いなさい！」

よほど心配していたのだろう、清兵衛は一喝した。

やがて三人が落ち着くと、弥五郎は事の次第を明かした。

「甚兵衛には、隻鮫一家の頭としての見栄がある。子分たちに焚きつけられて、おれをだまって伊勢から帰すわけにはいかなかった。あれだけの数を相手にすれば、おれもただでは済まない。だから果し状を渡したんでさ」

果し状の中には、今日の段取りが仔細に書かれていた。甚兵衛は怪訝な顔をしていたが、ひとまず人払いをして弥五郎の真意をたしかめた。

「隻鮫が、よくそんな誘いに乗ったな」

「あいつは、おれが怖かったんだ」

亀太が、驚いたように目を見張る。

「甚兵衛鮫とつけたのは、おれなんだ。あいつのでかいからだと、からだに合わぬ気性を皮肉ってな」

甚兵衛鮫はからだこそ図抜けて大きいが、性質は臆病で大人しい。

甚兵衛も力だけはあったから、幼い頃は乱暴者で通っていたが、長じるに従ってその神通力も薄れてくる。甚兵衛はそれを、親の威光と金の力で補おうとした。

「弱い者ほど、群れたがる。なりふり構わず仲間を増やす、あいつの腹の内は、伊勢を離れる前から読めていた」

同業の御師の倅で、しかも責めを負って勘当された弥五郎を、殺すわけにはいかない。どんなに痛めつけても、次は逆に、弥五郎の仕返しに怯えることになる。甚兵衛の臆病さを逆手にとって、弥五郎はこの策を持ちかけた。

「それにしても、やり過ぎじゃねえか。なにも子分にまでなることはなかろうに」

亀太はそこが、何より不満でならないようだ。

「あれは詫び料だ。奴の目を潰したのは、おれだからな。それにおれは、すぐに伊勢を出る。ここにいるあいだだけの辛抱で済む」

年に何度か戻ることはあっても、弥五郎が腰を落ち着けるのはあくまで江戸だ。対して甚兵衛は、この先もずっと伊勢に暮らす身だった。

「弥五郎さんはあの人の居場所を、とり上げたくなかったんですね」

お千代がようやく微笑んで、弥五郎もほっと息をつく。

「あれで甚兵衛は、人を使う才はありそうだ」

そうでなければ十年そこそこで、伊勢の裏側を牛耳れる筈がない。

「でもよお、やっぱりおれはすっきりしねえ」

「そう言うな。奴の子分になれば、こちらにも余禄がつくんだ」

何とは言わず弥五郎は、亀太の肩をぽんとたたいた。

高倉《たかくら》山に登り、天の岩戸と高天原《たかまがはら》、間《あい》の山《やま》に朝熊《あさま》山。伊勢にはいくつも見所がある。

昨晩は神楽奉納の祝宴で、酒を過ごした蛙講の一行も、日が高くなってからどうやら起き出して、三々五々伊勢見物に出かけていった。

そして夕刻には、皆でそろって古市の備前《びぜん》屋へ乗り込んだ。目当ては名物の伊勢踊りである。備前屋は伊勢音頭の創始とされ、もっとも有名な茶屋だった。

本来なら男の客しかとらない茶屋も、この伊勢踊りだけは別で、女も見物することができる。蛙屋徳右衛門の女房と、お世にお千代も、顔をそろえていた。

見物料は皆で金二両。十人までなら一両で済む。

緋毛氈を敷いた二階の大広間には、回廊形の舞台が据えられて、大ぼんぼりが灯る。三味線と胡弓《こきゅう》がかき鳴らされて、左右の花道から五十人もの踊り子が出てきた。

「ヤートコセーノ、ヨイヤナ」

囃子に合わせて遊女たちが踊るたびに、黒縮緬《くろちりめん》の裾《すそ》がひらひらと舞う。浮世離れした華やかさに、誰もが目を見張った。若い男連中は、舞台の最前で食いつかんばかりだ。

清兵衛は舞台からもっとも遠い場所に席を占め、傍らには左目を仰々しく白布で覆った弥五郎がいた。

隻鮫の子分衆の手前、しばらくはこの姿でいなければならない。今朝は母親に見つかって大騒ぎとなったが、事情をきいた惣七は、やれやれと胸を撫でおろした。

「そういえば、おまえさんにもうひとつ、ききたいことがあったんだ」

清兵衛が話しかけ、藤之丞からきいた話をした。

藤之丞は当時、八嶋の家を出るつもりでいた。太夫にも話を通し、縁のある神社の禰宜《ねぎ》として、養子に行くことが半ば決まっていたが、その話を弥五郎がきいていた。

まっ青な顔で座敷をとび出し、甚兵衛との騒動が起きたのは、その日のことだった。

「己が不始末を起こせば、跡目は兄上に譲られると、そう考えたのではないのか？ 少なくとも藤之丞殿は、そのようにとっておられた」

「兄上が、そんなことを……」

小さく呟いて、恥ずかしそうに頭をかいた。

「半分は、当たりです。あの日に限って、奴の誘いに乗りました……大怪我をさせたのは誤算でしたが」

だが、弥五郎が意図したのは、兄を後継ぎにすることではなかった。太夫の位など、弥五郎にはどうでもいいことだった。

「おれはただ、兄上に遠くに行ってほしくなかった。それだけでさ」

心配をかければ、やさしい兄はきっと傍にいてくれる。子供じみた甘えだった。

そうか、と清兵衛は目だけで笑んで、弥五郎の盃に酒を満たした。

互いに酌をして、ふたりは盃をかざした。


宴も半ばとなった頃、清兵衛は腰を上げた。

弥五郎はこの後の段取りを相談しに、少し前に帳場へ降りてゆき、講の者たちは踊りに夢中だ。清兵衛は誰にも見咎められぬまま、備前屋を出た。

駕籠を雇い、八嶋太夫の屋敷へと急がせて、己の座敷で旅仕度を整えた。邸内で行き合ったのは下男ばかりで、太夫や手代に挨拶もせぬまま屋敷を後にした。

駕籠は帰してしまったが、ここから先なら道には明るい。

立派な長屋門を抜け、迷わず左に向かったが、先を塞ぐ人影があった。

「やはり、ひとりで行くつもりでしたか」

今日は真上にある月明かりに、弥五郎の姿が浮かんだ。

最終話　大和《やまと》

月の陰になり、弥五郎の表情はわからない。

清兵衛に問うた声には、寂しそうな響きがあった。

挨拶もなしに行こうとした非礼を、清兵衛はひとまず詫びた。

「だが、おまえさんとの約束は伊勢までだ。この先まで、かかずらわせるつもりはない」

巽屋清兵衛の故郷、大和国は、この伊勢国の隣にあたる。昔、藩の御林方にいた清兵衛は、山中の杣道《そまみち》にもくわしい。

「人目につかぬよう領内にはいれば、用心棒も要らない。後のことは、私が片を付けるべきことで、あんたたちには関わりない」

「関わりならあります。御師の仕事を、半端に投げることはできません」

「伊勢参りも神楽奉納も、すべて済ませた。これ以上、何が……」

「あるんです。御師にとって、いっとう大事な役目が」

話の見えない問答に、清兵衛が困ったように顔をしかめる。

清兵衛が大和へ行く前に、どうしても言っておきたいことがあった。

「襲ってきた連中は、千原家のご家中だと、旦那はその見当でいなさいましたね」

天領の吉野杉を密売買したと、清兵衛は疑いをかけられている。これが公儀の知るところとなれば、巽屋と深く結びついている砥野藩が、面倒をこうむりかねない。それを危惧して藩内の誰かが、己を亡き者にせんとしている。清兵衛はそう考えていた。

せめてその憂いを払おうと、藩との縁を自ら断つために、清兵衛は千原家の当代藩主に会う心積もりだった。

「旦那の見当が、はなから違っていたとしたら、どうしますか」

「前にもたしか、そんなことを言っていたな」

「狙っているのがご家来衆でもなく、その理由《わけ》もお家安泰《あんたい》のためではないとしたら？」

「どういうことだ。私を狙う賊のことで、何かわかったのか？」

弥五郎は、ゆっくりとうなずいた。

「だが、いったいどうやって……もと家臣の私でさえ、皆目わからなかった。砥野藩にも千原家にも縁のないおまえさんに、どうして……」

「その気になれば、御師に調べられぬことなぞありません」

伊勢に近い砥野藩には、神宮の檀家帳に名を連ねていない者などまずいない。檀家と御師の繋がりは何代にもわたって続くから、自ずとその内情にも通じてくる。もちろん滅多なことで外に漏らしたりしないが、御師同士ならその抜け道も心得ている。

「いったい誰が、何の目論見で私を！」

いつになく清兵衛が性急に問うたが、弥五郎はもう少し待ってほしいとこたえた。

「まだ目鼻をつけたばかりで、あっしの見込みに過ぎません。いま人を使って調べさせていますから、せめてあと三日、待っていただけませんか」

「私のために、そんなことまで……」

弥五郎の労を、無下にするわけにはゆかない。すまないと、清兵衛は頭を下げた。

翌朝、蛙講の者たちは伊勢を立ち、金毘羅参りのために讃岐へ向かった。

伊勢に留まる惣七は、皆と別れを惜しみ、お千代は父親に念を押している。

「おとっつぁん、大坂で待っていますから、必ず来てくださいね」

「ああ、わかっているよ、千代」

本当は、何の確約もできないのだが、清兵衛は娘にそう言うしかなかった。

昨晩、伊勢踊り見物から戻った娘に、清兵衛は今後のことを話した。

お千代は最初、己も砥野藩に行くと言ってきかなかった。父と娘の押問答は続き、互いにどうしても折れようとしない。

やはりよく似た親子だと、同席した弥五郎と亀太はため息をついた。

砥野藩での用を済ませたら、大坂で落ち合うと約束し、どうにかお千代を承服させることができたのだった。

「弥五郎さん、本当に……本当に三人で、無事に戻ってきてくれますよね」

父親は顔役の蛙屋徳右衛門と、長々しい挨拶を交わしている。

そのあいだにお千代は、弥五郎にも重ねて念を入れた。

蛙講の一行は、金毘羅参りの後に京・大坂をたっぷりと堪能することになっている。皆が大坂を立つ前に、必ず清兵衛を連れて合流すると、弥五郎は請け合った。

「じゃあ、約束してください」と、お千代は小指をさし出した。

「えっ、まさか……げんまんですかい」

ばつの悪いことこの上ないが、お千代はどうしてもと言ってきかない。

きょろきょろと辺りを見回して、誰も見ていないことを確かめると、弥五郎はおずおずと右手をさし出した。

絡められた指はあまりに細く、やわらかなその感触はいつまでも消えなかった。

「さっきは千代と、何の内緒話をしていたんだ」

一行が手をふりながら遠ざかると、清兵衛がむっつりと言った。

「え、いや、だから、大坂で待っていてくださいと……」

「ずいぶんと、仲が良くなったものだな」

弥五郎が言い訳する間もなく、ぷいと清兵衛は行ってしまった。

「いちゃつくなら時と場所を考えろと、あれほど言ったろうが」

亀太はまるで同情せず、その日は一日中、清兵衛の機嫌は直らなかった。

三日のあいだ、清兵衛は伊勢に留まってくれたが、調べの方は芳《かんば》しくなかった。

惣七の伝手《つて》を使って探らせているが、目ぼしいことは拾えぬまま、出立の日を迎えた。弥五郎は不首尾を詫びたが、見当をつけた相手については、やはり口にしない。

「肝心な、旦那を狙うその理由《わけ》が、どうしてもわからず仕舞いで」

領内にはいったら、きっと判じてみせると請け合い、清兵衛も無理強いはしなかった。

「くれぐれも気ぃつけていきなはれ」

旅立ちの朝は、手代頭の春日惣七が三人を見送ってくれた。

「惣さんの教えは、肝《きも》に銘《めい》じています。御師の本当の役割を、必ず果してみせまさ」

勢い込んでそう告げると、惣七は眩しそうに弥五郎を仰いだ。

「ええ顔にならはりましたな、坊」

「そう、ですかい？」

思わず己の頬に手をやった。惣七は手代頭ではなく守役の顔になっている。

「江戸におる頃はふてくされるばかりで、ひねた目ぇをしとったが、えらいすっきりしましたわ。蛙講の皆さんとの旅は、坊には何よりええ手本になりましたなぁ」

そうかもしれぬと、言われて初めて弥五郎も思い至った。

江戸からの道中は、講の者たちの息遣いを、肌で感じるような日々だった。旅への憧れ、夢がかなう喜び、行く先々での驚きや興奮。そのひとつひとつを、共に汗を流しながら、一緒に楽しんだりがっかりしたりした。

そして伊勢が近づくにつれて、皆の期待は否応なくふくらんで、その期待以上の伊勢の姿に、誰もが感無量のようすだった。

伊勢参りというものが、いかに人々の心に深く根付き、また極楽のような世界を垣間見せることで、生きる縁《よすが》を与えているか、それを骨身にしみて感じとった。

「人を生かすことができて、はじめて一人前の御師や。坊にとっては、こっから先がほんまの腕の見せどころです」

惣七がくれた何より大事な餞別《せんべつ》を、弥五郎はしっかりと胸にしまい込んだ。

砥野藩は、大和国の西寄りに位置し、伊勢からはちょうど真西にあたる。

三人は、伊勢を立って二日目、領内にはいった。

一万石の小藩には城もなく、藩主は陣屋と呼ばれる屋敷に住まっている。

清兵衛の弟が切りまわす巽屋の本店は、陣屋の南に広がる町の中心にあった。

「兄上、よくご無事で！」

清兵衛と同じく、もとは武士だった弟の四兵衛《よへえ》は、言葉だけは武家の名残があるものの、兄よりもずっと柔和で商人らしく見えた。歩き詰めだった三人をねぎらい、妻や女中に指図して、足湯だの膳だのをはこばせながら、まめまめしく世話をやく。

明日さっそく陣屋に赴《おもむ》き、藩主に目通りを乞うという兄に、四兵衛が言った。

「その前に、ぜひ会っていただきたい方々がいるのです。兄上の里帰りを知って大坂から駆けつけてくださって、何日も前から兄上の戻りを、いまかいまかと待ちわびております」

「まさか、あいつらが……」

「はい、お三方とも、顔をそろえておられますよ」

「そうか、わざわざ来てくれたのか」

清兵衛は、滅多にないような深い笑みを見せた。

「今度のことでは、ひどく案じてくれたからな。伊勢行きを決めた折に、国に戻る旨だけは報《しら》せておいたが……そうか、来てくれたのか」と、噛みしめるようにくり返した。

「お三方とは、旦那が前に仰っていた、一緒にご上意を受けて商人になられたという、お仲間のことですか？」

ああ、と弥五郎に笑顔を向ける。

「ぜひとも兄上の力になりたいと、皆さま申し出てくださいました。御陣屋を訪ねる前に、必ず声をかけるようにと念を押されておりました」

四兵衛も嬉しそうなようすで、明朝、三人に知らせると約束した。

久々の再会を、ゆっくりと楽しみたい。古いなじみのひとり、乾屋太左衛門《いぬいやたざえもん》の生家に席が設けられた。

「たしかあの家は、武家の身分と一緒に手放した筈だが」

「いまは乾屋さんが手を加えて、寮にしているそうです」

下見に行った弥五郎は、そのように告げた。

清兵衛には、初耳だったようだ。そうなのか、と妙な顔をした。

日が暮れて一刻、五つの鐘が鳴ると、清兵衛は弟に見送られ本店を後にした。弥五郎と亀太、それに提灯持ちの下男をひとり伴っている。

乾屋の寮は町からは外れていて、まわりは田畑ばかりの寂しい場所を行かねばならない。

道の中ほどにさしかかった辺りで、前を行く弥五郎が、急に足を止めた。

「どうした」

たずねた清兵衛が、ぎくりとなった。

頼りない月明かりが照らす道の先を、黒い塊《かたまり》が塞いでいる。

田畑の中の一本道で、右手は林に覆《おお》われていた。

「またかよ。性懲りもなく、しつこい奴らだ」

ぼやいた亀太は、己の背中に手をまわし、腰にはさんだ鎖鎌をはずした。とたんにはっとふり返り、闇に向かって目を凝らした。

しんがりにいる亀太の背後にも、同様の黒々とした影があった。

手代が怯《おび》え、提灯の火が揺れる。

灯りは届かないが、足音から察するに、前後合わせて三十人はいそうだ。

「おいおいおい、数だけは毎度増えていくな」

茶化すように言いながらも、亀太の頬は緊張にこわばり、鎖鎌を握る手に力がこもる。

近づいてくる影をさえぎるように、弥五郎はすばやく清兵衛の前に立ちはだかった。

「どうすんだ、弥五。このままだと、串にさした団子になっちまうぞ」

「任せろ、亀。まずはこれが先だ」

懐から手拭いを出して、手早く左目の上をしばる。

「何やってんだ、おめえ」

首をひねる亀太にはかまわず、弥五郎は唇に指を当てた。

鋭い指笛の音が、空に響いた。辺りの木々にこだまして、真っ暗な田畑へと長く尾を引く。

賊の塊がざわりとうごめき、ようすを窺《うかが》うようにその動きを止めた。

ほどなくして、遠くで馬の嘶《いなな》きが応えた。

次いで戦場《いくさば》の出陣のような、大勢の男たちの吠える声が轟《とどろ》く。馬の蹄の音に、地《じ》鳴《な》りのような人の足音が幾重にも重なる。

背後にいた一団が、蹴散らされるように割れて、馬に乗った大きな影がとび出した。逃げ遅れた数人が、弾《はじ》きとばされて道端にふっとぶ。

「なんや、弥五郎、まだくたばってなかったんか。ちいと着くのが、早すぎたみたいやな」

馬上の大きな男は、ひとつだけあいた右目で弥五郎を見下ろした。

「申し訳ねえ、隻鮫の親分。新参のおれが、こんな手間をとらせちまって」

片目を白布で覆った弥五郎が、大げさにへつらいながら隻鮫を仰ぐ。

とんだ小芝居に、傍《かたわ》らの亀太が鼻白《はなじろ》んだ。

「ふん、子分が舐められとるようでは、おれの名がすたる。尻尾《しっぽ》とはいえ、伊勢の隻鮫に嚙みついたんや。きっちり落とし前はつけんとならん」

弥五郎に合わせ、甚兵衛が芝居がかった台詞を吐く。

「おい、野郎ども、遠慮はいらねえ。ひとり残らずたたきのめせ！」

甚兵衛の合図とともに、つき従っていた子分衆が、いっせいに躍《おど》りかかった。

その数、五十。数をそろえた筈の賊を、はるかに上回る。

「なんでい、この茶番はよ」

亀太はあきれて、戦う気さえ失くしたようだ。鎖鎌を持った腕を、だらりと下げた。

「言ったろう。隻鮫の子分になれば、余禄がつくと」

伊勢にいるあいだ、弥五郎はただ手をこまねいていたわけではない。相手を探らせても、容易にぼろを出すような連中ではないと心得てもいた。

だから弥五郎は、網を張った。

隻鮫と子分衆を、目立たぬように数を分けて砥野藩領内に入れ、繋ぎにはあらかじめ清兵衛からきいていた、ある茶屋を使った。

弥五郎は昼間、乾屋の寮へ下見に行ったその足で茶屋に出向き、寮の近くの雑木林に潜むよう指示を与えていたのだった。

身なりから察すると、賊もまたこの土地のやくざ者のようだ。雇われ浪人らしき袴姿も何人か混じっていたが、相手は暴れ者で名高い隻鮫一家だ。

ふたり、三人と、束になってひとりに襲いかかり、確実に賊をしとめていく。

両者はすでに道からあふれ出し、広い菜畑になだれ込んでいる。子分衆の囲みを破って逃げ出そうとした輩には、隻鮫が馬ごとつっ込んで顔を蹴りあげた。

いまきた道の先があいていることを確かめると、弥五郎は提灯持ちの若い下男に、何事か囁いた。うなずいた下男は、提灯を弥五郎に託し、一目散に遠ざかる。

「旦那、あっしらは乾屋さんの寮に向かいましょう」

「いいのかい、任せてしまって」

清兵衛にとっても、予想外の助っ人だったようだ。菜畑の中の一団を、とまどいぎみにながめる。

「見てのとおり、勢いがあり余ってる連中です。そのうち片がつくでしょう。亀、おまえはどうする？　ひと暴れしてくるか」

「いや、遠慮するよ。お楽しみに水をさしちゃ、かえってどやされそうだ」

亀太は鎖鎌を、重そうに肩にかつぎ上げる。

だが、行こうとする三人の前に、ひとりの男が立ちはだかった。

「久しぶりだな。おれを覚えているか」

弥五郎がさし向けた提灯の灯りに、相手の顔が浮かび上がった。

「おまえは！」

袴の腰に二本差しの姿は、前に会ったときとはまるで違う。

だが弥五郎は、その顔を覚えていた。

旅の最初に会った刺客、須賀沢村の富助を騙った男だ。

「生きていたのか」

「ああ、別に惜しい命でもなかったが、どういうわけか拾うことができた」

男は弥五郎と亀太に追い詰められて、自ら海に落ちた。どうやら途中で突風に煽られて、下の岩場にも当たらず、また高さの割に落ちた衝撃は少なかったと、そう語った。

ただ、怪我を負ったために神奈川宿から動けず、砥野藩に戻ったのは数日前だという。

「帰ってすぐに、おまえたちを始末する話をもちかけられた。おれもまだ、運に見放されてはいないようだ」

「無駄なことはよせ。数はこちらが勝っている。清兵衛の旦那には、指一本触れさせない」

「そんなことは、どうでもいい。おれはおまえと、もう一度勝負がしたい」

清兵衛には目もくれず、男は弥五郎だけを見据えている。侍とは名ばかりの、貧しい暮らしに未練はない、と男は低く言った。

「剣だけがおれの生きる縁《よすが》だと、おまえとやり合ってはっきりとわかった。もう一度刀を交えたいと、それだけを願って生き永らえてきた……無粋な邪魔はなしにな」

男の意図は、弥五郎にも読めた。この前勝てたのは、亀太がいたからだ。

相手の腕前はわかっている。一対一なら、おそらく五分と五分だ。

「わかった。その話、受けよう」

「弥五！」

「手出し無用だ、亀。旦那を連れて、先に行け」

留め立ては無理だと察し、清兵衛と亀太は行方を見守ることにしたようだ。その場を去ろうとはせずに、後ろに下がった。

弥五郎は顔に巻いていた白布を外し、脇差を抜いた。相手も刀を正眼にかまえた。

「あんた、名は」

「向井《むかい》重吉《じゆうきち》」

言いざま、男が動いた。躊躇なく懐に入り込んでくる。

抉るような突きを、辛うじてかわした。脇差を握った手の平が、どっと汗を噴く。

──相変わらず、深い剣だ。

瞠目《どうもく》しながら弥五郎は、相手の左腕に斬りつけたが、難なくはね返される。互いに一歩下がり、息をととのえながら腰を落とした。

やはり小手先の技が、通じる相手ではない。命がけで討ち込まなければ、こちらがやられる。弥五郎が相手より勝るのは、速さだけだ。

──おそらく、次が勝負。

向井の剣が、弥五郎の胴を目がけて襲ってきた。これを弾いたとき、勝ったと思った。剣の流れを止めず、そのまま相手の左脇腹を深く斬った──つもりだった。

向井が、一瞬早く身を引いて、届いた筈の切っ先は浅かった。

次の瞬間、左腕に、熱い痛みが走った。

「ぐっ！」

亀太が叫んでいる声がするが、よくききとれない。

相手の姿が見えず、ふり向いたとき、向井の刀はふり上がっていた。

負ける！　と観念した刹那、相手のからだがかすかに揺れた。左足を踏み出した拍子に、脇腹の傷が鋭い痛みを与えたということは、後で知った。

そのわずかな隙に、自ずとからだが動いた。

右にからだをかたむけながら、迫る向井にぶつかってゆく。

今度は、手応えがあった。

低い呻き声とともに、向井の膝ががくりと崩れた。ひざまずき、左手で脇腹を押さえている。弥五郎の剣は、先刻と同じ場所を正確に裂いていた。

「とどめを刺せ」

押さえた左の脇腹から血があふれ、着物の色を見る間に黒く変えてゆくのが、頼りない月明かりのもとでもわかる。

弥五郎は、右手にあった向井の刀を蹴りとばし、腰の脇差も外した。相手を丸腰にして、亀太に向かって叫んだ。

「亀、灯りだ！」

提灯が届くのを待たず、弥五郎は向井に言った。

「そのまま傷を押さえながら、横になれ」

「……まさか、助けるつもりでは、なかろうな」

「そうだ」

「やめろ……とどめを刺せと……言った筈だ」

苦しそうに、荒い息を吐きながら、それでも向井が抗う。

清兵衛と亀太が駆けつけて、提灯の灯りが向井を照らした。

「やめろと……言っている……」

「おとなしくしていろ。おれはもう侍じゃない。無闇《むやみ》に殺生するわけにはいかないんだ」

弥五郎のことばは、最後まで届かなかったようだ。気を失った向井が、弥五郎の腕の中に倒れ込んだ。

「いい、弥五、あとはおれたちがやる」

「弥五郎さん、おまえさんの傷も見ておかないと」

「おれは大丈夫ですから、この男を先にお願いします」

心配そうな清兵衛に、弥五郎は無理に笑みをつくった。

清兵衛と亀太が、向井の傷の手当てにかかる。傷は深く、出血も多い。布を当て、きつくしばったが、命をとりとめるかどうかは危《あや》ういところだ。

「頼むから、助かってくれ。御師は、人を殺めてはならないからな」

目を閉じたままの向井に、そう呟いたとき、道の先にいくつもの提灯が灯った。

砥野藩の町方をあずかる役人たちの、御用提灯の灯りだった。

先刻走らせた下男は、無事に番屋に辿り着いたようだ。

もちろん隻鮫にも、あらかじめ話を通してある。

「おい、てめえら、潮時だ。とっととずらかるぞ！」

御用提灯の火が見えたとたん、隻鮫は子分衆を率いて逆の方角へ走り去った。そのまま狭い領内を抜け、まっすぐに伊勢を目指す筈だ。

「いちばん見事なのは、逃げ足の速さだな」

亀太が評したとおり、役人が到着したときは、隻鮫一家の影も形も残っていなかった。


清兵衛があらためて乾屋の寮を訪ねたのは、翌日の午後だった。

「遠目じゃただの田舎家だが、案外手がかかってるな。向島《むこうじま》辺りにある、洒落た料理屋みてえだ」

乾屋の寮をながめて、亀太が言った。並の百姓家とは明らかに趣きが違い、簡素な垣根がまわされた広い敷地の内には、ひなびた風情の庭が造り込まれている。

昼間だから、提灯持ちの必要もなく、清兵衛は弥五郎と亀太だけを連れていた。

「清兵衛、よう来たな！」

応対に立った女中の挨拶が終わらぬうちに、玄関に小柄な男がとび出してきた。その後ろから別のふたりが、やはり満面の笑みで出迎える。

清兵衛の頰が、たちまちゆるんだ。

「久しいな、太左衛門。八朗兵衛《はちろべえ》は、少し肥えたか。周三郎《しゆうざぶろう》、おまえだけはいつまでも歳をとらないな」

旧友との再会を手放しで喜ぶ姿は、まじめくさったいつもの清兵衛とは別人のようだ。

「昨晩はすまなかったな。この先でとんだものに出くわしてな」

「何や、やくざ者同士の喧嘩に、巻き込まれたんやったな。えらい案じとったが、おまえに怪我がのうて、ほんまによかったわ」

乾屋太左衛門が、大げさに胸を撫でおろす。

役人が到着すると、仔細を語ったり、向井重吉と弥五郎の傷を医者に見せたりと、急に慌ただしくなった。清兵衛は旧友に使いを送り、訪問は今日に日延べとなった。

「昨晩ばかりでなく、江戸からの道中を無事に乗り切れたのは、このふたりのおかげだ」

座敷に落ち着くと、清兵衛は用心棒のふたりを商人仲間に紹介した。

「あんたらが清兵衛を守ってくれたんか。おおきに、ほんまにようやってくれた」

旅先での危難を、清兵衛は弟だけには文で知らせてあった。三人は四兵衛からこれをきき知って、たいそう気を揉んでいたようだ。かわるがわる弥五郎と亀太の手をとって握りしめる。

最初に出てきたいっとう小柄な男は、両替商の乾屋太左衛門。

やはり背は低いが、顔もからだも角張っているのが、米問屋の子の屋《ねや》八朗兵衛。

整った顔立ちの中背の男が、油問屋を営む卯の屋《うや》周三郎だった。

「御陣屋から見たそれぞれの生家の方角が、そのまま屋号になっていてな」

立派な膳がはこばれて、各々に酒が行きわたると、寮の主である乾屋太左衛門が話し出した。

天井には黒光りした見事な梁が通されて、青々とした畳は良いにおいを放つ。

清兵衛は上座に座らされ、その右手に仲間の三人が、左手に弥五郎と亀太がならんだ。

「うちは北の方角にあったから子の屋、東の周三郎が卯の屋というわけや」

「なるほど、乾屋さんが北西《いぬい》で、清兵衛の旦那の家は南東《たつみ》にあったたってことっすね。なかなか乙な趣向でやんすね」

子の屋八朗兵衛に向かって、亀太が調子よく受ける。亀太はすでに二杯目を干し、弥五郎に小突かれて、しぶしぶ盃をおいた。

「先代の殿の思いつきでな。そないなところも、気の利いたお方やった。ご存命の頃はこうして四人で集まって、殿を交えてあれこれ語ろうたもんや」

懐かしいな、と卯の屋周三郎がしんみりとする。

この四人が先代藩主の命を受け、藩士から商人に下ったことは、弥五郎もきいている。

「ご先代が亡くなられてからは、皆さんがこうして集まることはなかったんですか」

「二度や三度はあったように思うが……それというのも、清兵衛、おまえが薄情やからや」

太左衛門の言い分に、そうだそうだと仲間たちが同意する。

清兵衛をのぞく三人は、大坂に出店を持った。互いに顔を合わせる機会も多く、また砥野藩にも近いため、年に何度も行き来していた。

だが、清兵衛だけは江戸に出て、郷里に戻ることも滅多になかったという。

「故郷《くに》に足を向ければ、里心がつく。生き馬の目を抜くような江戸で、ふん張り続ける気持ちが、鈍ってしまいそうに思えてな」

「こいつは昔から、そういう奴でな。かたい岩の上に根を張ろうとする、松みたいなもんや。もっと楽な土地を探そうともせずに、ひたすら我慢を重ねる大阿呆や」

阿呆は余計だと、清兵衛が太左衛門に笑い返す。

「なのに気づいたら、どこよりもでかい木になっとった」

「ほんまや、天下の台所に雁首そろえていた私らは、立つ瀬がのうなった」

子の屋と卯の屋が、おどけて言い合う。

「儲けの大小など、とるに足らぬことだ。すべては砥野藩の、千原のお家のためなのだからな」

清兵衛が生真面目に応じ、それまで盛り上がっていた座がしんとなった。

やがて気遣うように、そろそろと太左衛門が言葉をかけた。

「だが、そのお家に、おまえは命を狙われておるんやろ？」

「私の不徳と思えば、仕方のない話だ」

「おまえは何も、していないやないか。天領の吉野杉を密かに売り買いしたというのも、根も葉もない噂に過ぎんのやろ？」

「己で証し立てができぬ以上、どう説いても言い訳にしかならない。だから覚悟を決めて、ここまで来たんだ」

「おまえ……ここに戻ったんは、何か証しを手に入れたためやないんか！」

太左衛門が、たちまち顔色を変えた。

「国許の殿に目通りを願うと、そう書いてきたからてっきり……身の潔白を明かすための何かが見つかったものと、わしらはそう安堵して……」

いや、と清兵衛は、沈痛な面持ちでうつむいた。

「せやったら、殿に会うてどうするつもりや。ただでさえ当代さまは、わしらを軽んじておられる。確たる証しがのうては、かえって墓穴を掘るだけやぞ」

案じるようにたずねたのは、八朗兵衛だった。

清兵衛は懐を探り、柊紋の守刀と、黄ばんだ奉書に包まれた書状をとり出した。

「これを殿に、お返しするつもりだ」

三人が、同じ表情でかたまった。畳にならべられた刀と状を、穴があくほど見詰めている。

「清兵衛、おまえ、お家との縁を断つつもりか」

しぼり出すように太左衛門が言って、座敷はふたたび静まりかえった。

裏手の林でさえずる、鳥の声だけが座敷に届く。

弥五郎と亀太は口をはさまず、じっと成り行きを見守っていた。

「おまえがそう決めたなら、何も言うことはない。わしも腹を括る」

太左衛門は、己の懐から守刀を出した。

「そうか」

「そうやな」

八朗兵衛と周三郎が互いにうなずいて、やはり同じ真似をする。

四本の守刀はそれぞれ、柄に巻かれた糸目の色や、拵えに違いはあるが、金蒔絵で描かれた柊紋だけは皆同じだった。

「おまえたち、何を……」

口を真一文字に結んだ三人に、清兵衛がたじろいだ。

「おまえひとりに、辛い定めを負わせたりはせん。わしら四人は一蓮托生《いちれんたくしょう》や。おまえが何より大事なもんを捨てるというなら、わしらも殉《じゅん》ずるだけや」

「しかし……」

「ひとりだけやなんて、薄情なことを言うな。私ら四人は、どないなときも一緒や
と、ご先代さまも仰っていたやないか」

周三郎もすっきりとした笑顔を向けたが、清兵衛は承知しない。

「いかん、四家をいっぺんに失えば、お家の台所が立ち行かなくなる」

「清兵衛、おまえはそのお家に裏切られたんだぞ！」

「太左衛門……」

「誰より千原のために尽くしてきたおまえを、あらぬ噂を真に受けてとり調べ、そればかりか命まで奪おうとなさるとは、そないな話があるものか！」

最前まで穏やかだった太左衛門が、すっかり面変わりしていた。小造りの顔は、火で爆《は》ぜた実のように色をなしている。

「おまえたちの気持ちは有難いが、やはりいけない。四家一緒というのは卑怯だ。そのような、恩を仇《あだ》で返すような真似は……」

「お家からの恩は、もう十二分に返した筈や」

太左衛門は、ぐいと清兵衛を見返した。

「武士の身分をはぎ取られ、商人の儲けもすべて注ぎ込んで、なのにいまの殿からは疎まれて……この九年は、砂を嚙むような思いをしてきた。これ以上、お家に忠義を尽くさんとならん謂れがどこにある！」

激昂《げきこう》した太左衛門の吐く荒い息だけが、座敷を占める。

ふっと笑うような声がきこえた。

「それが旦那さんたちの、本音でしたか」

口を開いたのは弥五郎だった。太左衛門が、訝《いぶか》しげな顔を向ける。

「何故、旦那が邪魔なのか、それだけがどうしてもわからなかった。ですが、その理《わ》由《け》が、ようやく見えました」

「いったい、何の話や」

弥五郎は、己の正面に座す商人たちに目を据えた。

「清兵衛の旦那、旦那を亡き者にせんとしていた輩は、ここにいるお三方です」

座敷は三度《みたび》、静まりかえった。

「これはまた、けったいなことを……冗談にしては、ちいとばかりたちが悪うおますな」

最初に沈黙を破ったのは、卯の屋周三郎だった。

目鼻立ちのよい顔に浮かべた苦笑は、どこか造りものめいていて、何かの拍子にぽろりと剝げてしまいそうだ。

「お江戸の軽口は、えろうきっついな、清兵衛」

「上方もんのわしらには、笑う当てがよう見つからん」

卯の屋に促されるように、残るふたりもよく似た笑いを貼りつかせる。

「たしかに、あまりの濡れ衣だ。弥五郎さん、いったいどういう了見だ」

清兵衛だけは笑いに紛らすことをせず、きつい調子でたしなめる。

「旦那、これから、からくりをお話しします」

少し長くなるが勘弁してほしいと、弥五郎はあらかじめ断りを入れた。

疑いをかけられた三人も、ひとまず拝聴することにしたようだ。剣呑な顔で、弥五郎に目を据えた。

「最初に妙に思えたのは、川崎宿の近くで会った偽の富助、つまりは向井重吉です」

昨晩、己と斬り合った男の名前を、弥五郎はあげた。

――おれも武士とは名ばかりで、中身は百姓と変わらない。この手に毎日握っているのは、剣ではなく鍬だ。

向井はそう語り、また刺客となったのは、一生に一度の好機だったからだとも言った。たとえば身分の低い家臣であるなら、闇討に加担しても得にはならない。後ろ暗い役目を果したところで、昇進にはつながらないからだ。

向井の言った好機とは、仕官のことだ。弥五郎はそう推測した。

「つまり向井は、千原家のご家中ではなかったということです」

長いあいだ弥五郎は、それが頭に引っかかっていた。そして旅が進むにつれて、その違和感は増していった。

賊は執拗に清兵衛を追い、見え隠れするのは侍の姿だ。藩とのいざこざを抱えていた清兵衛は、その正体を千原家の家臣だと見当した。それこそが相手の狙い目だったのではないかと、浜松宿に至って、弥五郎のその考えは確信に近くなった。浜松宿では、やくざ一家に雇われた子供たちが、清兵衛の荷を盗んだ。さらにやくざたちを動かしていたのは侍で、江戸家老の錦戸綱右衛門と思われる名前もあがった。

「正体を見せずに陰で動いている輩が、わざわざ己の名を明かす筈がありません。刺客を放っている誰かは錦戸さまではないと、あれではっきりとわかりました」

やくざを使う手口もまた、弥五郎には引っかかった。千原家の内の誰かが黒幕ならば、家来を使えば済む話だからだ。

お咎めなしの達しが下ったとはいえ、清兵衛に吉野杉密売の疑いがかかったのは事実だ。お家のためという大義名分があるなら、名乗ってでも正面から討ち果すような真似をしてもおかしくはない。

「侍姿の賊たちも、千原家のご家来衆ではなく、おそらくは役目につけぬ冷や飯食いでしょう。金か仕官か、何かの餌《えさ》をぶら下げられて、雇われていた者たちではないかと、そのように見当をつけました」

向井の言葉も、そう考えれば辻褄が合う。

「弥五の見当は、当たっていたぜ」

口をはさんだのは、亀太だった。

「松坂でやり合った連中を締め上げてみたら、案外あっさり吐きやがった」と、得意そうに講釈する。

薩埵峠と松坂で、二度にわたって襲ってきた四人は、砥野藩に住まう武士だった。いずれも父や兄は千原家抱えの身分だが、己の先行きはいっこうに定まらない。そんなとき、錦戸子飼いの配下だと名乗る侍に、声をかけられたという。まったく面識はなかったが、その侍が江戸藩邸に生まれ育ったときかされて、四人は疑いもしなかった。

藩内の不正だの、商人の賂《まいない》だの、もっともな御託をならべたて、藩にはびこる害虫を一掃する、そのために手を貸してほしいと頼まれた。正義のために力を尽くす、若い武士たちは、その謳《うた》い文句にころりと騙された。

江戸で清兵衛を襲った者たちも、やはり同じ手合だろうと、弥五郎は言った。

「ただ、連中もそれより先は何も知らず、肝心の敵の正体だけは、影も形もわかりませんでした」

息を詰めてきいていた子の屋八朗兵衛が、それ見たことかという顔をした。

「その敵さんが、どこでどうわしらと繋がるんや。この上、詮ない話につきあわされるのはかなわんな」

それまで冷静だった弥五郎の面が、様変わりした。八朗兵衛をにらんだ目には怒りがあふれ、瞳の色さえ違って見える。

「おれにはもうひとつ、手蔓《てづる》がありましてね」

弥五郎は低い声で、狭間彦右衛門の名を告げた。

誰より慕っていたこの幼なじみは、御師の職を失い、生まれ育った伊勢からも離れざるを得なくなった。たとえそれが彦右衛門自身が招いた結果だったとしても、金で唆《そそのか》し、引き金を引かせたのは別の者だ。その憤りは、くり返し弥五郎の身を焼いた。

「彦さんはおれに、手掛かりを残してくれた」

御師の義理がある、と彦右衛門は、雇い主の名は明かさなかった。だが裏を返せば、己の檀家の中に、探し求めている相手がいるということだ。

弥五郎は、彦右衛門が言外にこめた暗示を読みとって、増子太夫の檀家帳を調べあげた。

檀家の仔細を洩らすのは、本来ならご法度だ。だが増子太夫には、手代頭の彦右衛門を御しきれなかった負い目があった。

「その中に乾屋さん、旦那の名がありました」

弥五郎が、射抜くような鋭い眼差しを向けた。

乾屋太左衛門はただ、わずかに目を細めただけだった。

「それが何や。たしかにわしは増子太夫の檀家やし、手代頭の彦右衛門さんもよう知っとる。たったそれだけで、あらぬ疑いをかけるつもりか」

動じることなく、平べったい口調で告げる。

「そもそも増子太夫の檀家が、どんだけおると思うとるんや」

「砥野藩のご領内には、増子太夫の檀家は五家しかありません」

「たったの、五家だと？」

驚いたのは、清兵衛だった。

御師にはそれぞれ持ち場がある、と弥五郎は理由を明かした。

たとえば巽屋の御師を務める三日市太夫なら、国の東側に広く檀家を持っているが、東北一帯から北関東にかけては殊に強い。

「旦那のご先祖は、そのあたりの出ではないですか？」

その通りだと、清兵衛がうなずいた。もとは陸前の郷士で、四代前に縁あって千原家に抱えられたと語る。

たとえ他国に移っても、御師と檀家の関係は切れない。砥野藩の領地には、古くから二家の御師が出入りしており、領民の八割はどちらかの檀家となっていた。残る二割は巽屋同様、先祖が他国から移り住み、別の御師とのつきあいが続いている者たちだ。

「増子太夫は禁裏御師だけあって、京や琵琶湖《びわこ》の辺りに檀家が多い。乾屋さんのご先祖も、近江《おうみ》の出だそうですね」

弥五郎はまた、太左衛門に顔を戻した。それがどうしたと、その顔には書いてある。

砥野藩領内にある増子太夫の檀家、五家のうち、他の四家は職人や百姓など、いずれも身薄の者たちで、とてもあれだけの数の者を動かすだけの金も力もない。

「どう考えても乾屋さん、旦那より他にはいないんです」

「あほらしい。こないな長口上を打《ぶ》って、たったそれだけか。証しどころか、ただの世迷言やないか」

太左衛門は、鼻で笑う。

「清兵衛、こない頭のおかしい若造の話を、信じるつもりか？」

困ったように清兵衛が、喉の奥で唸った。ずっと一緒にやってきた仲間を、疑うつもりは毛頭ない。しかし弥五郎は、根拠のないことを口にする男ではない。

「わしらは一蓮托生やと言うたやろ。万が一わしがおまえを狙うたとしたら、一緒にこの拝領刀をお返しして、お家と縁を切る筈がなかろうが」

「それこそがお三方の、目論見だったんじゃありませんか？」

ふたたび口をはさまれて、太左衛門がじろりとにらむ。

「だからこそ、天領の吉野杉に手を出した。千原のお家を潰す覚悟がなければ、あんな危ない手はとても使えない」

清兵衛ひとりを追い落とすためなら、吉野杉を使うのはやり過ぎだ。公儀に知れれば、何よりも砥野藩が禍《わざわい》をこうむる。願わくば、清兵衛とともに千原家も潰したい。それこそが三人の腹積もりだと、弥五郎が説く。

「まさか……そんな……」

友に向けられた清兵衛の目に、初めて疑いの色が浮いた。

「旦那方、拝領刀を返すのは、やめた方がいい。清兵衛の旦那の思惑は、お三方とは別のところにある。それをきいても一蓮托生なぞと、きれいごとをならべられますかい」

それまでとりすましていた弥五郎の口調が、にわかに荒くなる。

「これはわしら四人の話や。おまえなぞが、とやこう言う筋合いはない」

「旦那は巽屋を、畳むおつもりなんですよ」

「なんやて！」

乾屋が、かっ、と目を見開いた。

「清兵衛、まさか、そないな馬鹿な真似……」

「太左衛門、私はその心積もりでいるよ。もし巽屋がまだお役に立つというなら、店の身代をそっくりお家にお返しして、私は身ひとつで出るつもりだ」

両手を膝においた清兵衛は、ことさら静かな居ずまいだ。

逆にその前に居並んだ三人は、羽織の袖にネズミでも入り込んだかのように、滑稽なほどにばたばたと騒ぎ出した。

「汗水たらしてここまで育て上げた身代を、なんでお家に返さんならんのや！」

子の屋八朗兵衛が、角張った肩を怒らせて怒鳴りつけた。

「千原のお家が、何をしてくれたと言うんや。御用達看板一枚きりやないか！　あないにつまらんもんで、どれほどの財を私らから奪い続けてきたことか」

悲痛に叫んだ卯の屋の隣で、乾屋太左衛門も続けた。

「二十年、二十年やで！　国中の商人が群がる大坂で、どない思いをして店を広げ、蔵を太らせてきたことか！」

見物人に徹した亀太が、思わず息をのむほどに、鬼気迫る表情だった。

すでに人生の半ば近い年月を、商人として生きてきて、武家の本分たる忠義とは、本来相容れない利を追わなければならなかった。やがてものごとを商人の頭で考えるようになり、逆に己の行き先が、見えなくなってしまったのだろう。

京の雅《みやび》な贅沢も、大坂の豊かな物資も、たっぷりと享受できるだけの財はある。すぐ手が届く筈なのに、すべて藩のために諦めなくてはならない。

まるで枯れた土地をいつまでも耕し続けるのに似て、どんなに水を撒いても、どれほど肥やしを与えても、すべて砥野藩という地面に吸い込まれ、後には何も残らない。

口々に騒ぎ立てる三人の声にさらされても、清兵衛は身じろぎひとつしなかった。その目はただ、深い悲しみに満ちていた。

「心の底から、商人に成り下がったか、太左衛門」

「成り下がるやと！　己では何ひとつ生み出せん侍が、なんで商人よりえらいんや！」

「そうではない！　志をなくして己の欲に走るのは、外道以外の何物でもない！」

叫んだ清兵衛がはっとなった。言い過ぎたと、気づいたようだ。

「たしかにな、おまえだけは決して道を外さん。いつだって正しい道しかよう歩かん」

絞り出すように告げたのは、八朗兵衛だった。

「おまえのその驕《おご》りが、わしらはどうにも我慢できんかったんや！」

「驕り……だと？」

呆然とする清兵衛に、脇から周三郎がこたえた。

「そうや、清兵衛、おまえは昔から何も変わらん。日の当たる方だけを見て、足許の影には見向きもせん。人の弱さや卑《いや》しさを、少しも顧《かえり》みることがない」

清廉潔白《せいれんけっぱく》な清兵衛は、たしかに立派だ。だが、それ故に、見えないものもある。汗水たらして駆ける者の横を、涼しい顔で通り過ぎ、何故もっと速く走れないのかと問う。相手は返すことばもなく、己の不甲斐なさを責めるより他にない。口には出さずとも、誰もが家臣であった時分から同じ鬱憤を抱えてきたと、周三郎は語った。

「せやけど、いくら説いたところで、おまえには伝わらん。それが何よりきつかった。このいく年かは、なおさらそれが身にしみたわ」

「私は……そんなつもりは……」

清兵衛の顔は途方にくれて、これまで決して出さなかった、心の内が露わになった。驚きでも怒りでもなく、もちろん怨みでもない。それは、深い後悔の念だった。

「そんなに長いあいだ、私はおまえたちを苦しめてきたのか」

「旦那……」

見かねて弥五郎が、声をかけた。

「清兵衛、そないな顔をせんでもええ。わしらは一蓮托生やと言うたやろ。ひとりで気張って走らずとも、わしらと一緒によう考えてやな……」

「つまりは、巽屋を畳むのも、旦那が身代を返すのも、なしってことですかい？」

猫撫で声の太左衛門に、弥五郎が一石を投ずる。

「旦那方の目論見どおり、四家でいっせいに足並そろえて、お家に反旗《はんき》をひるがえす。そういうことですね？」

たしかめるように、弥五郎は上座を見やった。

「それは、できない」

膝に目を落としたまま、清兵衛は低く呟いた。

「私は明日、殿に目通りを願う。さっき話したとおり、この刀と巽屋の身代をお返しする」

「清兵衛！」

「すまない。私はやはり、千原家の家臣なんだ。お家にとって最善と思えることを、してさしあげるしか能がない。どうか、許してほしい」

清兵衛は厚い座布団を外し、深々と頭を下げた。肘を張ったその辞儀は、紛れもなく武士のものだった。

「太左衛門、八朗兵衛、周三郎。おまえたちには、本当に世話になった」

「待て、清兵衛、早まるな」

「心配せずとも、おまえたちの名は決して出さない。今日の話は、すべて忘れる。それが私にできる唯一のことだ。どうか私を、信じてほしい」

弥五郎と亀太に帰りを促し、三人の昔なじみに暇を告げた。

「言った筈や！　おまえのそういうところが、憎うて憎うてたまらんかったんや！」

太左衛門の声が追ってきたが、清兵衛は二度とふり向かなかった。

翌朝、清兵衛は陣屋に赴き、藩主への目通りを願い出た。

当代の藩主は、これまで四家の商人とは会おうとしなかった。願い下げとなることも、清兵衛は覚悟していたようだが、二日ほど待たされたものの無事に御目見《おめみえ》に漕《こ》ぎつけた。

どうやらこれには江戸家老、錦戸綱右衛門の後押しが大きかったようだ。

吉野杉の売買は、巽屋には一切関わりがないと、国許にいる藩主に宛てて錦戸はそのようにしたためたが、その書簡の中で清兵衛についても触れていた。

清廉で実直な人となりに加え、商いの手腕に長け、その商いぶりは堅実で遺漏《いろう》がない。何より刮目《かつもく》すべきは、店をまわすための金を除けば、巽屋の儲けの一切が砥野藩にさし出されていることだと、錦戸は手紙の中でくり返し藩主に語った。

錦戸は勘定方の者たちに、巽屋の帳簿を隅々まであらためさせた。藩へ献ずる金高にくらべれば、本当にこれでやっていけるのかと危惧するほどに、手許に残す金はわずかだ。それは吝嗇《りんしょく》と思えるほどの、つましい暮らしぶりがあってこそのもので、逆に清兵衛の千原家への献身ぶりが浮き彫りにされた。

「錦戸さまはそれを、少々大げさに殿に伝えられたようだ。これまでの働きを労っていただいた上、お褒《ほ》めの言葉をいただいた」

陣屋から戻った清兵衛は、本店で待っていた弟に、そう語った。

むろん陣屋には、いつものごとく弥五郎と亀太もつき従っていたが、清兵衛は店に戻るまでは黙ったままだった。亀太は清兵衛を本店へ送り届けたその足で、三人の商人のようすを探りにいき、弥五郎は四兵衛とともに奥の居間に膝をそろえた。

「守刀と巽屋の身代を、お返ししたいと申し上げたのだが……これからもお家のために力を尽くしてほしいと、そのように仰《おお》せになられてな」

時代を的確にとらえ、商を何より重視して、奇抜な策を編み出した。くるくるとよく動く目を持っていたような、先代とは対極に、当代の藩主は昔気質で生真面目な人物であるようだ。士農が工商の上に立つ、本来の姿に立ち戻るべきだとの理想を掲げて、藩主の座についた。

しかし実際は、参勤交代から陣屋や江戸屋敷の維持まで、何事にも先立つものが要る。それ以上に藩の台所を圧迫しているのが、公儀からの無理難題だった。

当の幕府の経済が、すでに火の車となっている。海に近い藩には異国に備えた海防が、川の傍に領地があれば、水害を見越しての築堤がというように、本来、公儀が行うべき普請の数々が、諸国の大名たちに押しつけられていた。

公儀に抗《あらが》う術もなく、返す当てもないまま金を借りて普請に着手する。後に残るのは、肩に重くのしかかる大枚の借金だけだ。国中の藩主たちは、多かれ少なかれ同じ悩みを抱えていた。

そのせちがらい現実を、若い藩主もようやく理解しはじめて、錦戸からの書簡が届いたのは、ちょうどその頃だった。

身分こそ商人であるものの、伝えられた清兵衛の人柄は、武士の鑑《かがみ》とも言えそうな清廉で剛健なものだ。それが藩主の心を、大きく揺り動かした。

「殿のお傍御用人に、やはり昔親しくしていた方がいらしてな、御目見の後にそのような話をしてくだされた」

「本当にようございました。兄上の忠義が、当代さまにも届いたのですね」

弟の四兵衛は手放しで喜んだが、その割には清兵衛の顔色は冴えない。

「他の三家の者たちにも、殿はやはり会うてみたいと申されてな……あらためて陣屋に招く故、四人そろって訪ねるようにとの仰せであった」

それでは気の晴れぬのも無理はないと、同席していた弥五郎は得心した。

「もう少し早く、殿がお気づきになってくだされば……」

他の三人も、あのような仕儀に至らなかったのかもしれない。そう言いたかったのだろう。清兵衛は無念そうに、後のことばをのみ込んだ。

清兵衛の命を執拗に狙ったことは、未だに公にはされていないが、一方で吉野杉の密売は、藩をあげて下手人探しに躍起になっている。

知らぬ存ぜぬを貫くと、清兵衛は三人に約束したが、それは同時に、何より大事な主家を裏切る行為に他ならない。筋の通らぬことを嫌う清兵衛は、罪の意識に苛《さいな》まれているのだろう。

このままで済む筈もなく、また済まされるような事柄ではない。

どうしたものかと、弥五郎は考えていた。

やがて亀太が偵察《ていさつ》から戻ってくると、弥五郎は御目見のようすを、かいつまんで話した。

「旦那の覚えがめでたくなったのはいいとして、とどのつまりは、これまでと何も変わらねえってことじゃねえか」

ふたりに宛てがわれたのは、東に面した六畳間だ。午後のきつい陽射しもここには届かず、ようやく汗がひいたようすの亀太は、やれやれと息をついた。

江戸を出てからすでに二十日以上が経ち、暦《こよみ》は五月半ばを過ぎている。一日ごとに暑さは増して、山間の狭い盆地にある、砥野藩の城下町も同じだった。

「あの三人が悪事を犯したのは、間違いねえんだぞ」

御目見にあずかってもなお、やはり元気のない清兵衛が、見るに忍びなかったのだろう。それまで焦りを堪えていた亀太は、とうとう癇癪《かんしゃく》を起こした。

「このままにしておいていいのかよ、弥五」

「よくはねえが」

「連中をあそこまで追い詰めておきながら、このまま放っておくのか？　あの三人を役人に突き出して、きりきり白状させればいいじゃねえか」

三家の商人は、乾屋の寮で本性を現したものの、言質《げんち》をとったわけではない。亀太はそれが不満のようだ。

「海千山千の狸どもが、そう容易《たやす》くしゃべるものか。何より、当の旦那がだんまりを決め込むつもりなら、おれたちは手の出しようがない」

「だからと言って、あいつらがのさばっている限り、清兵衛の旦那は枕を高くして眠れねえ。連中の悪事を知っているのは、旦那だけだからな」

弥五郎もやはり、同じことを憂えていた。

「せっかく呼んだお役人も、たいした効き目はなかったしな」

と、弥五郎は、ごろりと畳に仰向けになった。

先夜、下男を番屋に走らせたのは、事を公にして、藩と役人の手で事を詳《つまび》らかにさせるためだ。だが残念ながら、襲ってきた土地のやくざたちと、三家の商人を繋ぐ糸は、やはり見つからなかった。

しかしその翌日、意外なところから、糸はほつれた。

きっかけは、弥五郎に脇腹を斬られた、向井重吉だった。

「あのお侍は、助かったんですね」

「ああ、二日前に峠を越えてな。傷が癒《い》えるまでには長くかかろうが、もう大丈夫だと医者も請け合った」

砥野藩の町方役人の話に、弥五郎は胸を撫でおろした。

「話もできるというから、昨日ようすを見にいったんだが、巽屋の主を二度にわたって襲うよう頼まれたと、そのように述べた」

「本当ですかい」

まだ長く話すことはできぬようで、仔細はおいおい口書きをとることになろうと、役人は語ったが、向井重吉は、何より大事なことを役人に伝えていた。

「その頼み人たる男は、乾屋太左衛門の手の者だと、向井はそう申しておる」

弥五郎が大きく目を見開いて、思わず呟いた。

「どうしてそれを……」

「頼み人が二度目に訪れたとき、向井は後をつけてみたのだそうだ。行き着いたのが、乾屋太左衛門の寮だった」

向井重吉の言で、事は急速に動き出した。

まずは乾屋太左衛門が呼び出され、次いで子の屋八朗兵衛、卯の屋周三郎が、町方役人の調べを受けることとなった。

「これでどうにか、一件落着となりそうだな」

亀太はすっかり機嫌を直したが、弥五郎は手放しで喜ぶ気にはなれなかった。

「二度も拾った命を、粗末《そまつ》にしやがって」

傷が癒えれば、向井は己の犯した罪を贖《あがな》うことになる。どのような裁きが下るかはわからないが、悪ければ死罪となるだろう。

「あの男は、どうあっても侍でいたかったのか」

弥五郎の呟きは、今年初めての蟬の声にかき消された。

三人の商人に続き、悪事に加担した者たちが、町役人の手により次々とお縄になった。

同じ頃、清兵衛に加え、弥五郎と亀太も呼び出しを受け、四日のあいだ町役所に通うこととなった。

詮議の場では、清兵衛と捕縛された三人が一堂に会することもある。清兵衛はいく度となく言葉をかけようとしたが、下手人側の三人は、応じるどころか目も合わせない。頑《かたく》なその態度は、清兵衛をひどく傷つけた。

日を追うごとに清兵衛は、暑さに負けた草木のようにしおれていった。

「それにしても乾屋さんたちが、まさか兄上を陥《おとしい》れようとしていたとは……私はいまでも信じられません」

ようやく事の次第をきかされて、清兵衛の弟の四兵衛が、深いため息をついた。

町方役人の調べはまだ続いているが、粗方の経緯だけは明らかになった。

その日、弥五郎と亀太は、町役人から仕入れた話を四兵衛の前で語った。弟の傍らには、浮かぬ顔の清兵衛も控えている。

「きっかけはやはり、殿さまの代替わりだったようです」と、弥五郎は話しはじめた。

当代の藩主に代わって以来、乾屋たちの不満は募《つの》る一方だった。一刻も早く千原家との縁を切り、存分に儲け、存分に散財したい。それだけが、ただひとつの願いとなった。

「あのご連中、生まれついての商人よりも、商人らしい顔をしていたもんな」

乾屋の寮で会った三人を、亀太はそのように評した。

三人のあいだでは、すぐに話はまとまって、残る厄介《やっかい》は清兵衛だけとなった。

もっとも身代の大きな巽屋は、当然のことながら藩へ貢ぐ金高もどこより多い。巽屋が足並をそろえてくれない限り、藩との縁切りも難しくなる。

数年前から三人は、たびたび文を送り、ときには商いにかこつけて江戸へ下り、それぞれ遠回しに清兵衛の説得を試みた。

「どうもここ何年か、愚痴めいた便りが多くなったと、兄上も首をかしげていましたが……そのような企みがあったのですね」

何とか不平不満を引き出して、自分たちの目論む方向へ誘《いざな》おうとしたのだろう。だが清兵衛は耳を貸さず、最後にはいつも、藩のため、お家のためとくり返した。

「私のその大義が、あいつらを追い詰めた。お家への、私への怨みを募らせて、憎さを煽ってしまったのだろう」

苦いものを噛みしめるように、清兵衛は呟いた。

巽屋を潰《つぶ》すより他にないと、三人はまず、吉野杉の密売買を画策した。

金にものを言わせて杣人を唆し、手に入れた吉野杉は巽屋の名を騙り、領内の大工に相場より安く売りさばいた。

このために動いたのは、大坂に小さな店を持つふたりの商人で、片方は子の屋から米を、もうひとりは卯の屋から油を仕入れ、それぞれ米屋と油屋を営んでいる。どちらも店の金繰りに詰まり借金を抱えており、金と引き替えに言いなりになった。

しかし清兵衛への疑いは、江戸家老の錦戸によってすぐに晴らされた。巽屋を潰す企みも頓挫して、三人の商人は、邪魔な清兵衛を始末するしかないと覚悟を決めた。江戸での二度にわたる襲撃はそのためのもので、まもなく清兵衛が江戸を出ると、三人の焦りはいっそう色濃くなった。

「連中は、ひとつだけ勘違いをしていた。旦那がわざわざ国許へ戻り、殿さまに会うのは、吉野杉の件で、身の潔白を明かす何かを手に入れたからに違いないと、そう思い込んだ」

欲に目が眩《くら》んだ三人には、最後まで清兵衛の腹の内は読めなかった。

清兵衛のつかんだ証しが、藩主の手にわたれば身の破滅だ。砥野藩にはいる前に亡き者にせんと刺客を送り、浜松では証しの品を手に入れようとした。

だが、それらはことごとく弥五郎らに邪魔されて、用心棒の素性を知ると、今度は同じ御師の狭間彦右衛門まで巻き込んだ。

「おまえさんにも、それに彦右衛門さんにも、本当に申し訳ないことをしたな」

姿勢を正した清兵衛は、あらためて頭を下げた。

「よしてください。旦那は何も……」

「いや、何もかも、私の招いたことだ。責めを負うべきは、私も同じだ」

落着の気配が見えてきたというのに、それでもなお清兵衛の顔は晴れない。

三家の商人が、吉野杉の売買で藩に仇をなしたことは明白だ。事が公になった以上、かつての仲間たちの助命を乞うような真似は、清兵衛はできなかった。

生一本な性質《たち》故に、己の道理を曲げられず、だが、そのために仲間を傷つけ、周囲の者たちに禍をなした。清兵衛は忸怩《じくじ》たる思いに苛まれていた。

巽屋の女中が、夕餉の仕度ができたと告げにきた。

清兵衛は食が進まないと断り、自室に戻るその後ろ姿を、弥五郎は廊下で見送った。

「ここから先が、御師の腕の見せどころだ。そうなんだろう、惣さん」

弥五郎は見えぬ手代頭に向かって、そう呟いた。

夕餉と風呂を済ませてから、弥五郎は清兵衛の座敷に赴いた。

「すぐ済みますから、少しだけよろしいですか」

清兵衛はひどく疲れた顔をしていたが、弥五郎を座敷に招じ入れた。

「今朝、御陣屋へ行かれましたね。殿さまとは、どのようなお話を？」

告げるのが、よほど億劫なのだろう。清兵衛の額にもう一本皺《しわ》が増えたが、弥五郎は重ねて問うた。

「あの三家は、やはりお取り潰しですかい？」

「いや、調べが終わるまでは、沙汰のしようもないのだろうが……」

諦めたように、清兵衛は仔細を語り出した。

陣屋からの呼び出しを受けて、清兵衛がふたたび藩主と見《まみ》えたのは今朝のことだ。

せっかく四家の商人を、引き立てようとしていた矢先の出来事だ。もともと癇性《かんしょう》なところのある藩主は、言うまでもなく怒り心頭の有様ではあったが、それでも肝心なことだけは押さえていた。

「ひどく機嫌を損なわれてはいたが、三家を一時《いちどき》に失えば、やはりお家の台所は立ち行かない。それればかりは殿も、肝に銘じておられてな」

「じゃあ、殿さまは、どうなさるおつもりなんで？」

「……私に、残った三家の面倒を見ろと、そう仰せになった」

それぞれの家族は砥野藩に留めおかれており、主人の刑が下りた後に、身の処し方が沙汰されることになっていたが、番頭以下、使用人たちには、いままで通り店を続けさせるつもりでいるようだ。その目付役を務めるよう、清兵衛は命じられたのだった。

「……旦那は、お引き受けにはならなかったんですね」

清兵衛のようすから、弥五郎はそうと察した。

「三家をそっくり私が手中にしたとなれば、太左衛門たちは死んでも死にきれまい」

清兵衛は固辞したが、藩主も容易に諦めてはくれない。ひとまず考えさせてほしいと告げてきたという。

弥五郎はしばし清兵衛にじっと目を当てて、それから口を開いた。

「旦那……旦那とあのお三方との、いっとう大きな違いが何かわかりますかい」

「違い、だと？　それは……いくつもあるだろうが」

「旦那とお三方の道を分けたのは、そう難しい理屈ではなく、ひどくありきたりなことじゃねえかと、そう思えてきましてね」

謎かけのようにもきこえるが、弥五郎はいたって真面目な表情だ。

「いったい、何だというんだ？」

「だから言葉どおり、違う道を行った、そういうことでさ……西と東にね」

「つまりは、大坂と江戸ということか」

清兵衛がそう口にして、弥五郎はうなずいた。

「たしかに商いのやり方ひとつとっても、上方と江戸は同じとはいかぬだろうが……なにせ大坂は、天下の台所だからな」

「その天下の台所がかたむいていることは、旦那もご存知ですね？」

「このところ景気がよくないと、その噂は江戸にも届いていたが」

商人であれば誰もが知ってはいたが、一方で、天下の台所がそう簡単に潰れる筈がない。一時のことであり、そのうち持ちなおすだろうとの見方が大勢を占めていた。

「大坂の景気が昔のような勢いをとり戻すことは、おそらくこの先もありません」

「伊勢者が商いに長けているのは承知しているが、御師もやはり詳しいのかね」

やや皮肉な調子で清兵衛は返したが、これは『火事、喧嘩、伊勢屋、稲荷《いなり》に犬の糞《くそ》』と言われるほどに、江戸に伊勢屋が多いからだ。弥五郎は、首の裏に手をやった。

「いえ、これは、あのお三方を調べていてわかったことでさ」

大坂が天下の台所と呼ばれていたのは、国中のあらゆる産物が、まず大坂に集められていたからだ。値はもちろん市場に流す量や道筋まで、そのすべてに、かつては大坂問屋が介在していた。市場の安定を計るばかりでなく、二百年ものあいだ目立った諸色高がなく、物価が抑えられていたのは、大坂問屋の手腕によるものだ。

しかし諸藩の大名たちは、やがて自国の産物を江戸に直送するようになった。大坂問屋を経なければ、それだけ物価も安くなる。大名たちはそう主張して、幕府もこれを認めた。以来、大坂を経る物資は年を追うごとに減じていたが、皮肉なことに大坂問屋という箍《たが》が外れた物価は、じりじりと上昇しはじめていた。

「いまのところ大坂の衰えは、まだ目立ったものじゃありません。ですが、この先大坂の景気が上向くことは、おそらくないでしょう」

諸藩から江戸直送への道筋は、すでにでき上がりつつある。大坂問屋の焦りは色濃くなっており、それは三家の商人も同じだろうと、弥五郎は結んだ。

「旦那を目の敵《かたき》になすったのは、それ故かとも思えます」

「たしかに、そうかもしれん……関わりが遠のいて何年にもなるが、本当は江戸にいる私に、助けを求めていたのかもしれない」

もっと早く気づいていればと、清兵衛が悔しそうに呻いた。

「旦那、まだ遅くはありません。これからあのお三方のために、ひと働きしてみてはいかがです」

「しかし、あいつらはもう……」

「お三方には、それぞれ跡継ぎがいらっしゃる。お役人の調べでは、息子さんたちは悪事には一切関わっていないそうですよ」

乾屋太左衛門と卯の屋周三郎には跡取り息子が、子の屋八朗兵衛には娘婿がいる。

弥五郎がそう説くと、清兵衛は初めて気づいた顔になった。

「しかし武家なら間違いなく、嫡男《ちゃくなん》はもちろん身内はすべて責めを負う。たとえ町人身分の商人ではあっても、やはり闕所《けっしょ》は免《まぬか》れまい」

闕所とは、土地や家屋敷を含む、家財の一切を没収される刑だ。町人に処せられる刑としては重いものだが、三人がしでかしたことは、それに値すると清兵衛は言っているのだった。

「ですが闕所は無用と、殿さま自ら申しておられる……そういうことですよね？」

あ、と清兵衛の口があいた。主を清兵衛にすげ替えるにしても、三家の店を続けよと命じたのなら、たしかに闕所は免れたという理屈になる。

「旦那が何より大事になすってきたのは、千原のお家ですが、ずっと心に掛かっていたのは、三人のお仲間ではありませんか。いまは牢の内にいる、あのお三方が得心のいくような、旦那はそのための知恵をお持ちの筈です」

「そうか……そういうことか……」

「あとは殿さまをどう説き伏せるかですが、旦那が心を尽くしてお話しすれば、きっと耳を貸してくださいます。いえ、それができるのは、旦那より他にありません」

力のこもった弥五郎の励ましは、まっすぐに伝わったようだ。

清兵衛の両目に、それまでとは違う光がまたたいた。

翌日、清兵衛は陣屋に走り、ひと晩考え抜いたことを藩主の前で述べた。

三家の商人の、その家族の罪を免じて、跡継ぎたる息子や娘婿を江戸に呼び寄せたいと願い出た。

江戸での商いを清兵衛が一から教え、ゆくゆくは江戸に出店をもたせるための布石としたい。先細りとなっている大坂にしがみつくよりは、江戸で商いを広げる方が、長い目で見れば実入りも増えようし、千原家のためにもなる筈だ。

当然のことながら藩主は難色を示したが、それまでになかった清兵衛の熱意には、心を動かされたようだ。また清兵衛は口にはしなかったが、願いを退ければ、三家の目付の役目も辞退されかねないと、藩主も察していたのだろう。

申し出は重臣たちのあいだで評議され、後日あらためて、藩主から承知の旨が告げられた。

「ひと月後には、三人の息子たちを江戸へ迎えることとなった。江戸に戻ったら、忙しくなりそうだ」

そう語る清兵衛の顔には、久方ぶりの笑顔が戻っていた。

数日後、清兵衛、弥五郎、亀太の三人は、砥野藩を後にした。

「蛙講の皆は、まだ大坂にいるんだろ。どうにか追いつけそうだな」

「ああ、急げば今日のうちに着く。間に合って、本当によかったよ」

弥五郎が、ほっと息をつく。讃岐で金毘羅参りを済ませた蛙講の一行は、京と奈良、大坂を、かしましく巡っている筈だ。

「おめえはお千代さんと、指切りまでしちまったもんな。約束を破ったら、どんなしっぺ返しが来るか、わからねえよなあ」

余計なことをと亀太を肘で小突いたが、遅かったようだ。

ふり向いた清兵衛の鼻の上には、不快そうな皺が刻まれている。

弥五郎はあわてて話題を転じた。

「お役目とはいえ、旦那も一緒に大坂入りできるのは幸いですね」

大坂の三家の店に寄り、今後の相談をするようにと、清兵衛は藩からの達しを受けている。息子や娘婿が江戸の巽屋を訪れる日取りも、すでに決まっていた。

「そうだよな。しばらくは上方での御用があるから、旅を続けることはできねえが、なに、お千代さんのことは、弥五とあっしに任せて……」

ばか、と弥五郎が、さらにきつく亀太をどつく。

清兵衛は、ふり向いたまま弥五郎を見ている。

困った弥五郎が小さくなっていると、清兵衛がふいに問う。

「傷はもう、痛まないのか」

目は、弥五郎の左腕に向けられていた。思っていたより結構な深手で、傷は骨まで達していた。医者からは、あと半月は動かさないよう命じられている。

「え？　ああ、もう大丈夫でさ。ご心配をおかけしました」

そうか、と返した清兵衛の声には、穏やかな安堵があった。

やがて峠の茶屋にたどり着くと、弥五郎と清兵衛は、ならんで床几《しょうぎ》に腰掛けた。

亀太だけは、少し離れたところで旅芸人の一座と話に興じている。

この竹内《たけのうち》峠は、飛鳥《あすか》京に至る旅人が、太古の昔から往来している。

濃さを増した青空のもと、眼下に広がる景色は、盛夏の緑に覆われていた。

「いい天気だな」

「ええ、本当に」

「こんなにのんびりとした心地は、久しぶりだよ」

清兵衛は笠を外し、眩しそうに目を細めた。

「三人の旦那方は、喜んでなすったでしょう」

「そうだな、だいぶやつれてはいたが……だが、思いのほか良い顔をしていた」

清兵衛が、残された家族のために尽力し、店と家名の存続に至ったということは、牢の内にももたらされた。清兵衛が町役所に赴いたのは、昨日のことだ。面会を乞うと、三人はこれに応じてくれた。

「何もかもふっ切れたような、すっきりとした顔だった。怨《うら》みつらみを抱えたまま逝《い》かせずに済んで、本当によかった」

夏空を仰ぐその横顔を、弥五郎は満ち足りた気分でながめていた。

「おれの役目は、終わりました。御師のいっとう大事な務めを、果すことができた」

「伊勢にいたとき、そう言っていたな。役目というのは、いったい何だね」

「惣さんから、くり返しきかされていた文句がありましてね」

人に生きる望みを持たせる――。

それこそが御師の、何より大事な務めだと、それが惣七の口癖だった。

変わりばえのない暮らしと、きつい仕事に追われる日々。その中で伊勢参りは、生きるための大きな張り合いになる。誰もが一生に一度は伊勢に詣でたいと願い、一度行った者は、またふたたび訪れたいと思う。

だからこそ伊勢は、この世の極楽であり続けなければならない。

豪勢な御師宿も、山海の珍味も、すべては桃源郷《とうげんきよう》たらんとするために必要なものだ。

先にはそれが虚飾に見えて、ことさら疎ましく思えてならなかったが、
人を生かすことができて、はじめて一人前の御師です——。

惣七のその言葉だけは、弥五郎の胸に深く刻まれていた。

出会った頃の清兵衛は、お千代が言ったとおり、死に行く者の顔をしていた。

この人にもう一度、生きる張りを与えてみたい。その思いが、心の底からわき上がった。だからこそ、清兵衛の頼みを引き受けた。

「お家のため、いまのお殿さまのために、もうひと頑張りしようと、旦那の顔に書いてあります」

その顔が見たかったと、弥五郎は満足そうに微笑んだ。

「旦那のおかげで、初めて御師の仕事をやりとげることができました。惣さんにも顔向けできるし、お千代さんも喜んでくれるでしょう」

丁寧に礼を述べると、清兵衛は照れたように苦笑いした。

「いや、千代にはかえって、怨まれるかもしれないな」

「どうしてです?」

「本当は、巽屋を畳《たた》むつもりでいたからな。店がなくなれば、婿取《むこと》りもいらない。お千代を御師に嫁がせるのも悪くないと、そう考えていたんだが……」

「え……!」

口をあいたままの弥五郎を残し、清兵衛は具合が悪そうに立ち上がった。

その背中を、燕《つばめ》がすいと横切って、夏空に向かってゆるい弧《こ》を描いた。

解説　旅の醍醐《だいご》味《み》と謎解きの楽しさを描く時代エンターテインメント

書評家　大矢《おおや》博子《ひろこ》

生涯の思い出になるような旅がある。

たとえば、人によっては新婚旅行。あるいは友達と行った卒業旅行。永年勤続のリフレッシュ休暇に夫婦で海外旅行をした人もいるだろうし、遺跡やショップなど趣味の場所を巡る旅もある。最近では贔屓《ひいき》のスポーツチームの観戦ツアーなどもあるらしい。

慣れた人ならすべて自分で段取りをつけるのだろうが、なかなかそうはいかない。少なくないお金と時間を費《つい》やすのだから、失敗のないようにプロに頼むことも多い。

そこで登場するのが旅行代理店、そしてツアーコンダクターである。客に代わって交通手段から宿泊先、観光地の入場手配や食事に至るまでを取り仕切る。道中事故のないように、そして客が存分に楽しめるように心を砕く。だから旅慣れない人でも安心して非日常の数日間を堪能できるのである。

このツアーコンダクターの元祖。それが本書の主人公である「御師《おんし》」だ。

御師とは御祈禱師《おんきとうし》の略で、特定の寺社に所属し、その信者のために祈禱を行う神職を指した。古くは平安時代の熊野詣《くまのもう》でにその記録がある。しかしその後、参拝の勧誘や参詣のための案内、宿泊の世話などもするようになる。中でも江戸時代、伊勢《いせ》神宮の御師は全国に派遣され、自分の担当エリア、担当の客（檀家《だんか》という）を持ち、布教や勧誘に努めたという。ちなみに、一般に御師は「おし」と読むが、伊勢の御師だけは「おんし」と読む。

江戸時代には、町内でお金を積み立て代表者がお参りをするという伊勢講が盛んだったが、その世話も御師がしていた。つまり、お膳立てから宿でのもてなし、目的地での祭事に至るまで丸ごと取り仕切る〈伊勢参りパッケージツアー〉である。御師がツアーコンダクターだったというのがお分かりいただけたかと思う。

さて、前振りが長くなったが、本書『御師 弥五郎』は、江戸に住む伊勢御師の手代・弥五郎《やごろう》が、賊に襲われている材木商・巽屋清兵衛《たつみやせいべえ》を助ける場面から始まる。それが縁で清兵衛は、伊勢参りの世話を弥五郎に頼むことにした。普通、御師の仕事は客が伊勢に着いてからの案内や世話が主なのだが、清兵衛は伊勢までの道中も弥五郎に用心棒として付き添って欲しいと頼む。先だっての一件だけでなく、誰かに命を狙《ねら》われているというのだ。

どうやら故郷に何か屈託《くったく》があるらしい弥五郎は、はじめは固辞する。しかし筋を通して頼んで来る清兵衛に押し切られ、だったら、と策を出した。ちょうど出立が間近だった本所相生町《ほんじょあいおい》の伊勢講十名に清兵衛も入れてしまったのだ。ものものしい護衛を置くよりも、騒がしい下町の団体旅行に混ぜてしまった方が安全という考えなのだが、職人や商人、婀娜《あだ》っぽいお妾さんや騒々しい下っ引きまでいて、清兵衛はビックリ――。

というのが本書の導入である。物語はここから、弥五郎が事あるごとに現れる刺客《しかく》から清兵衛を守りつつ、伊勢まで向かう旅の様子を追うことになる。なぜ清兵衛が狙われるのかというミステリ的興味に加え、弥五郎自身が抱く「帰りたくない事情」とは何なのか、が物語の本筋だ。

だがその本筋はちょっと置いておいて、本書の大きな読みどころは何と言っても伊勢参りそのものの描写だろう。江戸時代は伊勢参りが盛んだった、とは聞いていたが、実際どんなふうであったのかが本書には各話ごとに生き生きと描かれている。

たとえば清兵衛と蛙講《かえる》（同道することになった本所相生町の伊勢講の呼び名。リーダーが蛙屋《かわず》という文房店を営《いとな》んでいたがゆえの命名）が出会う第一話では、伊勢講とはどういうものかがごく自然と語られる。ガイドブックを買ってあれこれ計画したり、『東海道中膝栗毛《とうかいどうちゅうひざくりげ》』に登場する名物を楽しみにしたり、宿では酒盛りで盛り上がったりと、現代のグループ旅行と変わらない楽しげな様子に、読んでいるこちらまで気持ちが浮き立つ。特に、講の名前にちなんで蛙模様の揃《そろ》いの浴衣《ゆかた》を作ったというくだりには笑ってしまった。イベントのときにグループで揃いのTシャツを作るようなものか。あの手の服は、イベント以外では到底着られず箪笥《たんす》の肥やしになるのが常だが、江戸時代にも似たようなことをしていたのだなあ。

同様に第二話では「おかげ参り」と呼ばれる集団参詣が、第三話では子どもの抜け参り（親や雇い主の許可を得ずに家を抜け出し、手形無しで伊勢参りに行くこと。これは信仰ゆえのこととして黙認されていた）や女性の伊勢参りにまつわるあれこれが、第四話では道中の宿の事情が、それぞれ物語の核になる。

巧《うま》いのはそういう伊勢講、おかげ参り、抜け参りと言った伊勢参りならではの要素と、清兵衛を狙う刺客の事件が絶妙にリンクしていることだ。刺客は各話ごとに、それぞれの要素を利用して清兵衛を狙う。この構成のおかげで読者は、手に汗握るサスペンスを味わいながら自然とお伊勢参りがどういうものかを系統立てて知ることができるのだが、効果はそれだけではない。伊勢参りには、刺客が乗じることができるような影の部分があるという証左に他ならない。この楽しさと背中合わせの影こそが本書のキモと言っていい。

話にしか聞いたことのなかった景色を見て、名物を食べる。伊勢ではふかふかの絹布団に寝て、山海の豪華な料理でもてなされる。まさにこの世の極楽だ。しかし、その極楽を味わうために、どれだけの汗水が流されたか。そこにはどんな思いが込められているか。ひとつひとつの事件を通して、弥五郎は訴《うった》える。むしろ本書で著者が書きたかったのはそこだろう。

伊勢講で代表者ひとりを伊勢に送るために、百姓たちがどれだけ働いて金を貯めるか。子どもですらできる抜け参りが許されない女性がいるのはなぜか。今とは比べものにならないほど旅へのハードルが高かった時代に、それだけの苦労をしながらどうして人は伊勢に向かうのか。信心だけではない、人が人として生きるための、とても大事なものがそこにはあるのだ。

弥五郎にこんなセリフがある。

「御師には、何より大事な役目があります。伊勢講を組むより、神楽《かぐら》奉納させるより、もっと大事なことが」

それこそが、人々が汗水流して金を貯めて、場合によっては自分ではなく代わりの者を立ててまでお伊勢参りをする理由にも通じる。それが何かは本書をお読みいただきたいが、ひとつだけ書くとすれば、伊勢神宮に参ることは旅のゴールだが決して人生のゴールではない、という点だ。伊勢に着いたら、次は帰路の旅が始まる。その先に待っているのは、前と同じ日々の暮らしだ。けれど「前と同じ」ではない何かがきっとある。その「何か」を与えるのが御師の仕事であり、伊勢参りなのだと私は読んだ。

楽しさの裏に影があるように、罪の裏にも影がある。本書には清兵衛を亡き者にしようとする刺客や黒幕だけでなく、大小様々な嘘や罪が登場するが、個々を見れば悲しいまでに精一杯で、切ないまでに自分の矜持《きようじ》や思いを守ろうとしたがゆえのこととして描かれている。これは本書に限らず西條奈加《さいじようなか》の多くの作品に見られる特徴だ。人が罪を犯すまでにどんな哀しみや葛藤があったか、なぜ、どこで道を間違えたか、西條奈加は人の心に色んな角度から光を当てるのが実に巧い。

本書でも、ただ刺客をやっつけました、黒幕を見つけましたというだけで終わらず、そこに至った人の心の揺らぎを眼目に据え、事件のその後の始末までを丁寧に見せてくれる。だから救いがある。いろいろあったけど、悲しいことも辛いこともあったけど、大丈夫、やり直せる、これからもやっていける、という気持ちになる。

デビュー以来、主戦場にしてきた時代小説だけではなく、『無花果《いちじく》の実のなるころに』（創元推理文庫）に始まる「お蔦《つた》さんの神楽坂日記」シリーズのような現代ミステリに於《お》いても、西條奈加は「罪の裏側」にある情を丹念にすくいあげている。これはもう、持ち味と言っていいだろう。

本書『御師　弥五郎』は、伊勢参りという江戸時代のロードノベルであり、御師という日本初のツアーコンダクターのお仕事小説であり、日々を精一杯生きている人々の情をこまやかに紡ぎ出す優しい物語である。どうか弥五郎たちと一緒に、伊勢までの道中をゆるゆるとお楽しみいただきたい。

（本書は平成二十二年十月、小社から
四六判で刊行されたものです）

一〇〇字書評

御師 弥五郎

切り取り線

購買動機（新聞、雑誌名を記入するか、あるいは○をつけてください）

□（　　　　　　　　）の広告を見て	
□（　　　　　　　　）の書評を見て	
□ 知人のすすめで	□ タイトルに惹かれて
□ カバーが良かったから	□ 内容が面白そうだから
□ 好きな作家だから	□ 好きな分野の本だから

・最近、最も感銘を受けた作品名をお書き下さい

・あなたのお好きな作家名をお書き下さい

・その他、ご要望がありましたらお書き下さい

住所	〒				
氏名		職業		年齢	
Eメール	※携帯には配信できません	新刊情報等のメール配信を 希望する・しない			

この本の感想を、編集部までお寄せいただけたらありがたく存じます。今後の企画の参考にさせていただきます。Eメールでも結構です。

いただいた「一〇〇字書評」は、新聞・雑誌等に紹介させていただくことがあります。その場合はお礼として特製図書カードを差し上げます。

前ページの原稿用紙に書評をお書きの上、切り取り、左記までお送り下さい。宛先の住所は不要です。

なお、ご記入いただいたお名前、ご住所等は、書評紹介の事前了解、謝礼のお届けのためだけに利用し、そのほかの目的のために利用することはありません。

〒一〇一-八七〇一
祥伝社文庫編集長 清水寿明
電話 〇三（三二六五）二〇八〇

祥伝社ホームページの「ブックレビュー」からも、書き込めます。
www.shodensha.co.jp/bookreview

祥伝社文庫

御師《おんし》弥五郎《やごろう》　お伊勢参《いせまい》り道中記《どうちゅうき》

平成26年2月20日　初版第1刷発行
令和 7 年7月20日　　　　第9刷発行

著　者　西條奈加《さいじよう なか》

発行者　辻　浩明

発行所　祥伝社《しょうでんしゃ》
東京都千代田区神田神保町 3-3
〒101-8701
電話　03（3265）2081（販売）
電話　03（3265）2080（編集）
電話　03（3265）3622（製作）
https://www.shodensha.co.jp/

印刷所　TOPPANクロレ株式会社
製本所　ナショナル製本
カバーフォーマットデザイン　中原達治

Printed in Japan ©2014, Naka Saijo　ISBN978-4-396-34015-5 C0193

祥伝社文庫の好評既刊

宇江佐真理　おぅねぇすてぃ

文明開化の明治初期を駆け抜けた、若い男女の激しくも一途な恋…。著者、初の明治ロマン！

宇江佐真理　十日えびす　花嵐浮世困話

夫が急逝し、家を追い出された後添えの八重。実の親子のように仲のいいおみちと日本橋に引っ越したが…。

藤原緋沙子　恋椿　橋廻り同心・平七郎控①

橋上に芽生える愛、終わる命…橋廻り同心平七郎と瓦版女主人おこうの人情味溢れる江戸橋づくし物語。

藤原緋沙子　火の華《はな》　橋廻り同心・平七郎控②

江戸の橋を預かる橋廻り同心・平七郎が、剣と人情をもって悪を裁くさまを、繊細な筆致で描くシリーズ第二弾。

藤原緋沙子　雪舞い　橋廻り同心・平七郎控③

雲母橋《きらずばし》・千鳥橋《ちどりばし》・思案橋《しあんばし》・今戸橋《いまどばし》。橋廻り同心・平七郎の人情裁きが冴えわたる好評シリーズ第三弾。

藤原緋沙子　夕立《ゆだ》ち　橋廻り同心・平七郎控④

人生模様が交差する江戸の橋を預かる、北町奉行所橋廻り同心・平七郎の人情裁き。好評シリーズ第四弾。

祥伝社文庫の好評既刊

今井絵美子
夢おくり
便り屋お葉日月抄①

「おかっしゃい」持ち前の侠な心意気で邪な思惑を蹴散らした元芸者・お葉。だが、そこに新たな騒動が！

今井絵美子
泣きぼくろ
便り屋お葉日月抄②

父と弟を喪ったおてるを励ますため、お葉は彼女の母に文を送るが、そこに新たな悲報が……。

今井絵美子
なごり月
便り屋お葉日月抄③

「女だからって、あっちをなめたら承知しないよ！」情にもろくて鉄火肌、お葉の啖呵が深川に響く！

今井絵美子
雪の声
便り屋お葉日月抄④

身を寄せ合う温かさ。これぞ人情時代小説の醍醐味！　深川の便り屋・日々堂の女主人・お葉の啖呵が心地よい。

今井絵美子
花筏
便り屋お葉日月抄⑤

思いきり、泣いていいんだよ。あっちがついているからね。深川の便り屋・日々堂で、儘ならぬ人生が交差する。

祥伝社文庫の好評既刊

藤井邦夫
死に神 素浪人稼業⑦

死に神に取り憑かれた若旦那を守って欲しい!? 突拍子もない依頼に平八郎は……。心温まる人情時代第七弾!

藤井邦夫
銭十文 素浪人稼業⑧

強き剣、篤き情、しかし文無し。されど幼き少女の健気な依頼、請けずにいらいでか! 平八郎の男気が映える!

沖田正午
仕込み正宗

凶悪な盗賊団、そして商家を標的にした卑劣な事件。藤十郎は怒りの正宗を振るい、そして悪を裁く!

沖田正午
覚悟しやがれ 仕込み正宗②

踏孔師・藤十、南町同心・碇谷、元邯《かん》鄲師《たんし》・佐七、子犬のみはり——。魅力的な登場人物が光る熱血捕物帖!

沖田正午
ざまあみやがれ 仕込み正宗③

壱等賞金一万両の富籤《とみくじ》!? 江戸中がこの話題で騒然となる中、富札を刷る版元の主が不慮の死を遂げ……。

沖田正午
勘弁ならねえ 仕込み正宗④

賞金一万両の富籤を巡る脅迫文、さらに両替商の主《あるじ》が拐《かどわ》かされる事件が! 藤十郎らは、早速探索を始めるが……。

西條奈加の
笑って、ほろり 傑作人情時代小説

御《お》師《し》 弥五郎 お伊勢参り道中記

伊勢詣の世話役〈御師〉見習いの弥五郎は、侍に襲われる男を助けたことから掟破りの伊勢同行を請け負う羽目に。同じく江戸から伊勢を目指す一行〝蛙講〟の面々と、大わらわの珍道中が始まった！

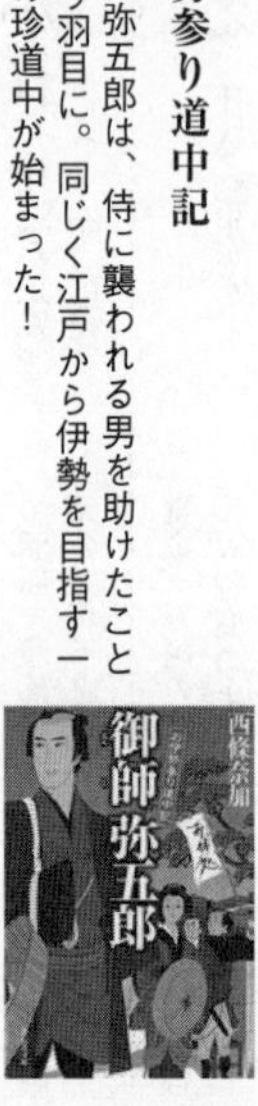

六《りっ》花《か》落《ふる》々《ふる》

「なぜ雪は六つの花と呼ばれるのか、不思議に思うておりました」雪の形を確かめたい。幕末の動乱のただなか、蘭学を通してさまざまな雪の結晶を記録しつづけた下総古河藩下士・小松尚七の物語。

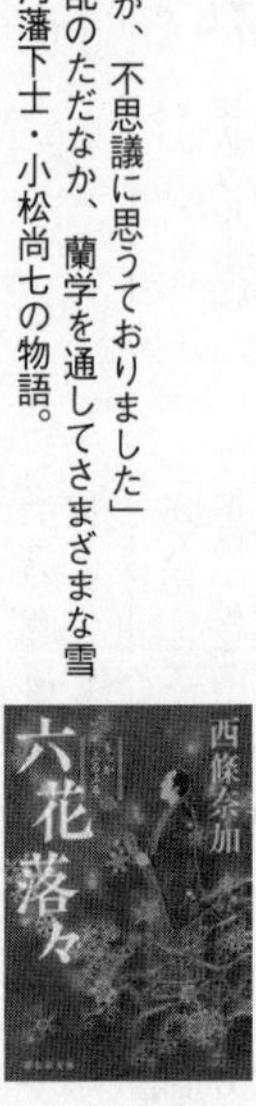

銀《ぎん》杏《なん》手ならい

武家の子も、町人の子も。私にはすでに、十四人もの子どもがいます――。手習所『銀杏堂』の娘・萌は、悪童らに振り回されながらも、教え子とともに笑い、時には叱り、悲しみを分かち合う。新米女師匠の奮闘の日々。

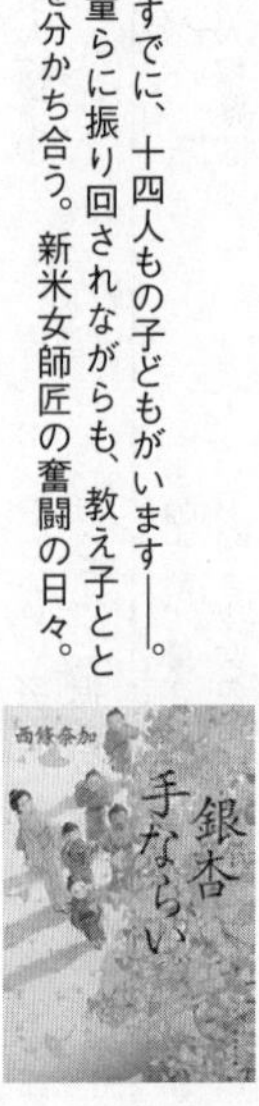